D1380170

L'AGENCE BARNETT ET CIE

MAURICE LEBLANC

L'Agence Barnett et Cie

LE LIVRE DE POCHE

RENDONS À CÉSAR...

Voici l'histoire de quelques affaires dont l'opinion publique, peu d'années avant la guerre, s'émut d'autant plus qu'on ne les connut que par fragments et récits contradictoires. Qu'était-ce que ce curieux personnage qui avait nom Jim Barnett, et qui se trouvait mêlé, de la façon la plus amusante, aux aventures les plus fantaisistes ? Que se passait-il dans cette mystérieuse agence privée, Barnett et Cie, qui semblait n'attirer les clients que pour les dépouiller avec plus de sécurité ?

Aujourd'hui que les circonstances permettent que le problème soit exposé dans ses détails et résolu en toute certitude, hâtons-nous de rendre à César ce qui est dû à César, et d'attribuer les méfaits de Jim Barnett à celui qui les commit, c'est-à-dire à l'incorrigible Arsène Lupin. Il ne s'en portera pas plus mal...

I

LES GOUTTES QUI TOMBENT

Le timbre de la cour, au bas du vaste hôtel que la baronne Assermann occupait dans le faubourg Saint-Germain, retentit. La femme de chambre arriva presque aussitôt, apportant une enveloppe.

«Il y a là un monsieur que Madame a convoqué pour quatre heures.»

Mme Assermann décacheta l'enveloppe et lut ces mots imprimés sur une carte: *Agence Barnett et Cie. Renseignements gratuits.*

«Conduisez ce monsieur dans mon boudoir.»

Valérie — la belle Valérie, comme on l'appelait depuis plus de trente ans, hélas! — était une personne épaisse et mûre, richement habillée, minutieusement fardée, qui avait conservé de grandes prétentions. Son visage exprimait de l'orgueil, parfois de la dureté, souvent une certaine candeur qui n'était point sans charme. Femme du banquier Assermann, elle tirait vanité de son luxe, de ses relations, de son hôtel, et en général de tout ce qui la concernait. La chronique mondaine lui reprochait certaines aventures un peu scandaleuses. On affirmait même que son mari avait voulu divorcer.

Elle passa d'abord chez le baron Assermann, homme âgé, mal-portant, que des crises cardiaques retenaient au lit depuis des semaines. Elle lui demanda de ses nouvelles, et, distraitement, lui ajusta ses oreillers derrière le dos. Il murmura :

« Est-ce qu'on n'a pas sonné ?

— Oui, dit-elle. C'est ce détective qui m'a été recommandé pour notre affaire. Quelqu'un de tout à fait remarquable, paraît-il.

— Tant mieux, dit le banquier. Cette histoire me tracasse, et j'ai beau réfléchir, je n'y comprends rien. »

Valérie, qui avait l'air soucieux également, sortit de la chambre et gagna son boudoir. Elle y trouva un individu bizarre, bien pris comme taille, carré d'épaules, solide d'aspect, mais vêtu d'une redingote noire, ou plutôt verdâtre, dont l'étoffe luisait comme la soie d'un parapluie. La figure, énergique et rudement sculptée, était jeune, mais abîmée par une peau âpre, rugueuse, rouge, une peau de brique. Les yeux froids et moqueurs, derrière un monocle qu'il mettait indifféremment à droite ou à gauche, s'animaient d'une gaieté juvénile.

« Monsieur Barnett ? » dit-elle.

Il se pencha sur elle, et, avant qu'elle n'eût le loisir de retirer sa main, il la lui baisa, avec un geste arrondi que suivit un imperceptible claquement de langue, comme s'il appréciait la saveur parfumée de cette main.

« Jim Barnett, pour vous servir, madame la baronne. J'ai reçu votre lettre, et le temps de brosser ma redingote… »

Interdite, elle hésitait à mettre l'intrus à la porte. Mais il lui opposait une telle désinvolture de grand seigneur qui connaît son code de courtoisie mondaine, qu'elle ne put que prononcer :

« Vous avez l'habitude, m'a-t-on dit, de débrouiller des affaires compliquées… »

Il sourit d'un air avantageux :

« C'est plutôt un don chez moi, le don de voir clair et de comprendre. »

La voix était douce, le ton impérieux, et toute l'attitude gardait une façon d'ironie discrète et de persiflage léger. Il semblait si sûr de lui et de ses talents qu'on ne pouvait se soustraire à sa propre conviction, et Valérie elle-même sentit qu'elle subissait, du premier coup, l'ascendant de cet inconnu, vulgaire détective, chef d'agence privée. Désireuse de prendre quelque revanche, elle insinua :

«Il est peut-être préférable de fixer entre nous... les conditions...

— Totalement inutile, déclara Barnett.

— Cependant — et elle sourit à son tour — vous ne travaillez pas pour la gloire ?

— L'Agence Barnett est entièrement gratuite, madame la baronne.»

Elle parut contrariée.

«J'aurais préféré que notre accord prévît tout au moins une indemnité, une récompense.

— Un pourboire», ricana-t-il.

Elle insista :

«Je ne puis pourtant pas...

— Rester mon obligée ? Une jolie femme n'est jamais l'obligée de personne.»

Et, sur-le-champ, sans doute pour corriger un peu la hardiesse de cette boutade, il ajouta :

«D'ailleurs, ne craignez rien, madame la baronne. Quels que soient les services que je pourrai vous rendre, je m'arrangerai pour que nous soyons entièrement quittes.»

Que signifiaient ces paroles obscures ? L'individu avait-il l'intention de se payer soi-même ? Et de quelle nature serait le règlement ?

Valérie eut un frisson de gêne et rougit. Vraiment, M. Barnett suscitait en elle une inquiétude confuse, qui n'était point sans analogie avec les sentiments qu'on éprouve en face d'un cambrioleur. Elle pensait aussi... mon Dieu, oui... elle pensait qu'elle avait peut-être affaire à un amoureux, qui aurait choisi cette manière originale de s'introduire chez elle. Mais comment savoir ? Et, dans tous les cas, comment réagir ? Elle était intimidée et dominée, confiante en même temps, et toute disposée à se soumettre, quoi qu'il en pût advenir. Et ainsi, quand le détective l'interrogea sur les causes qui l'avaient poussée à demander le concours de l'Agence Barnett, elle parla sans détours et sans préambule, comme il exigeait qu'elle parlât. L'explication ne fut pas longue : M. Barnett semblait pressé.

« C'est l'avant-dernier dimanche, dit-elle. J'avais réuni quelques amis pour le bridge. Je me couchai d'assez bonne heure, et m'endormis comme à l'ordinaire. Le bruit qui me réveilla vers les quatre heures — exactement quatre heures dix — fut suivi d'un bruit qui me parut celui d'une porte qui se ferme. Cela provenait de mon boudoir.

— C'est-à-dire de cette pièce ? interrompit M. Barnett.

— Oui, laquelle pièce est contiguë, d'une part, à ma chambre (M. Barnett s'inclina respectueusement du côté de cette chambre) et, d'autre part, au couloir qui mène vers l'escalier de service. Je ne suis pas peureuse. Après un moment d'attente, je me levai. »

Nouveau salut de M. Barnett devant cette vision de la baronne sautant du lit.

« Donc, dit-il, vous vous levâtes ?…

— Je me levai, j'entrai et j'allumai. Il n'y avait personne, mais cette petite vitrine était tombée avec tous les objets, bibelots et statuettes qui s'y trouvaient, et dont quelques-uns étaient cassés. Je passai chez mon mari, qui lisait dans son lit. Il n'avait rien entendu. Très inquiet, il sonna le maître d'hôtel, qui commença aussitôt des investigations, lesquelles furent poursuivies, dès le matin, par le commissaire de police.

— Et le résultat ? demanda M. Barnett.

— Le voici. Pour l'arrivée et pour le départ de l'individu, aucun indice. Comment était-il entré ? Comment était-il sorti ? Mystère. Mais on découvrit, sous un pouf, parmi les débris des bibelots, une demi-bougie et un poinçon à manche de bois très sale. Or, nous savions qu'au milieu de l'après-midi précédent, un ouvrier plombier avait réparé les robinets du lavabo de mon mari, dans son cabinet de toilette. On interrogea le patron qui reconnut l'outil et chez qui on trouva l'autre moitié de la bougie.

— Par conséquent, interrompit Jim Barnett, de ce côté, une certitude ?

— Oui, mais contredite par une autre certitude aussi indiscutable, et vraiment déconcertante. L'enquête prouva que l'ouvrier avait pris le rapide de Bruxelles à six heures du soir, et qu'il était arrivé là-bas à minuit, donc trois heures avant l'incident.

— Bigre! et cet ouvrier est revenu?

— Non. On a perdu ses traces à Anvers où il dépensait l'argent sans compter.

— Et c'est tout?

— Absolument tout.

— Qui a suivi cette affaire?

— L'inspecteur Béchoux.»

M. Barnett manifesta une joie extrême.

«Béchoux? Ah! cet excellent Béchoux! un de mes bons amis, madame la baronne. Nous avons bien souvent travaillé ensemble.

— C'est lui, en effet, qui m'a parlé de l'Agence Barnett.

— Probablement parce qu'il n'aboutissait pas, n'est-ce pas?

— En effet.

— Ce brave Béchoux! combien je serais heureux de lui rendre service!... ainsi qu'à vous, madame la baronne, croyez-le bien... Surtout à vous!...»

M. Barnett se dirigea vers la fenêtre où il appuya son front et demeura quelques instants à réfléchir. Il jouait du tambour sur la vitre et sifflotait un petit air de danse. Enfin, il retourna près de Mme Assermann et reprit:

«L'avis de Béchoux, le vôtre, madame, c'est qu'il y a eu tentative de vol, n'est-ce pas?

— Oui, tentative infructueuse, puisque rien n'a disparu.

— Admettons-le. En tout cas, cette tentative avait un but précis, et que vous devez connaître. Lequel?

— Je l'ignore», répliqua Valérie après une légère hésitation.

Le détective sourit.

«Me permettez-vous, madame la baronne, de hausser respectueusement les épaules?»

Et sans attendre la réponse, tendant un doigt ironique vers un des panneaux d'étoffe qui encadraient le boudoir, au-dessus de la plinthe, il demanda, comme on demande à un enfant qui a caché un objet :

« Qu'y a-t-il, sous ce panneau ?

— Mais rien, fit-elle interloquée… Qu'est-ce que cela veut dire ? »

M. Barnett prononça d'un ton sérieux :

« Cela veut dire que la plus sommaire des inspections permet de constater que les bords de ce rectangle d'étoffe sont un peu fatigués, madame la baronne, qu'ils paraissent, à certains endroits, séparés de la boiserie par une fente, et qu'il y a tout lieu, madame la baronne, de supposer qu'un coffre-fort se trouve dissimulé là. »

Valérie tressaillit. Comment, sur des indices aussi vagues, M. Barnett avait-il pu deviner ?… D'un mouvement brusque, elle fit glisser le panneau désigné. Elle découvrit ainsi une petite porte d'acier, et, fébrilement, manœuvra les trois boutons d'une serrure de coffre. Une inquiétude irraisonnée la bouleversait. Quoique l'hypothèse fût impossible, elle se demandait si l'étrange personnage ne l'avait pas dévalisée durant les quelques minutes où il était resté seul.

À l'aide d'une clef tirée de sa poche, elle ouvrit et, tout de suite, eut un sourire de satisfaction. Il y avait là, unique objet déposé, un magnifique collier de perles qu'elle saisit vivement, et dont les trois rangs se déroulèrent autour de son poignet.

M. Barnett se mit à rire.

« Vous voilà plus tranquille, madame la baronne. Ah ! c'est que les cambrioleurs sont si adroits, si audacieux ! Il faut se méfier, madame la baronne, car vraiment, c'est une bien jolie pièce, et je comprends qu'on vous l'ait volée. »

Elle protesta.

« Mais il n'y a pas eu de vol. Si tant est qu'on ait voulu s'en emparer, l'entreprise a échoué.

— Croyez-vous, madame la baronne ?

— Si je le crois ! Mais puisque le voici ! Puisque je l'ai entre les mains ! Une chose volée disparaît. Or, le voici. »

Il rectifia paisiblement :

« Voici un collier. Mais êtes-vous sûre que ce soit *votre* collier ? Êtes-vous sûre que celui-ci ait une valeur quelconque ?

— Comment ! fit-elle exaspérée. Mais il n'y a pas quinze jours que mon bijoutier l'estimait un demi-million.

— Quinze jours… c'est-à-dire cinq jours avant la nuit… Mais actuellement ?… Remarquez que je ne sais rien… Je ne l'ai pas expertisé, moi… Je suppose simplement… Et je vous demande si aucun soupçon ne se mêle à votre certitude ? »

Valérie ne bougeait plus. De quel soupçon parlait-il ? À propos de quoi ? Une anxiété confuse montait en elle, suscitée par l'insistance vraiment pénible de son interlocuteur. Au creux de ses mains ouvertes, elle soupesait la masse des perles amoncelées, et voilà que cette masse lui paraissait devenir de plus en plus légère. Elle regardait, et ses yeux discernaient des coloris différents, des reflets inconnus, une égalité choquante, une perfection équivoque, tout un ensemble de détails troublants. Ainsi, dans l'ombre de son esprit, la vérité commençait à luire, de plus en plus distincte et menaçante.

Barnett modula un petit rire d'allégresse.

« Parfait ! Parfait ! Vous y venez ! Vous êtes sur la bonne route !… Encore un petit effort, madame la baronne, et vous y verrez clair. Tout cela est tellement logique ! L'adversaire ne vole pas, mais substitue. De la sorte, rien ne disparaît, et s'il n'y avait pas eu ce damné petit bruit de vitrine, tout se passait dans les ténèbres et demeurait dans l'inconnu. Vous auriez ignoré jusqu'à nouvel ordre que le véritable collier s'était évanoui et que vous exhibiez sur vos blanches épaules un collier de fausses perles. »

La familiarité de l'expression ne la choqua point. Elle songeait à bien autre chose. M. Barnett s'inclina devant elle, et sans lui laisser le temps de respirer, marchant droit au but, il articula :

« Donc, un premier point acquis : le collier s'est évanoui. Ne nous arrêtons pas en si bonne voie, et, maintenant que nous savons ce qui fut volé, cherchons, madame la baronne, qui vola. Ainsi le veut la logique d'une enquête bien conduite. Dès que nous connaîtrons notre voleur, nous serons bien près de lui reprendre l'objet de son vol... troisième étape de notre collaboration.»

Il tapota cordialement les mains de Valérie.

«Ayez confiance, baronne. Nous avançons. Et, tout d'abord, si vous m'y autorisez, une petite hypothèse. Excellent procédé que l'hypothèse. Ainsi, supposons que votre mari, bien que malade, ait pu, l'autre nuit, se traîner de sa chambre jusqu'ici, qu'il se soit muni de la bougie et, à tout hasard, de l'instrument oublié par le plombier, qu'il ait ouvert le coffre-fort, qu'il ait maladroitement renversé la vitrine, et qu'il se soit enfui de peur que vous n'ayez entendu, comme tout devient lumineux! Comme il serait naturel, en ce cas, que l'on n'eût point relevé la moindre trace d'arrivée ou de départ! Comme il serait naturel que le coffrefort eût été ouvert sans effraction, puisque le baron Assermann, au cours des années, quand il avait la douce faveur de pénétrer dans vos appartements particuliers, a dû, bien des soirs, entrer ici avec vous, assister au maniement de la serrure, noter les déclics et les intervalles, compter le nombre de crans déplacés, et, peu à peu, de la sorte, connaître les trois lettres du chiffre.»

La «petite hypothèse», comme disait Jim Barnett, parut terrifier la belle Valérie au fur et à mesure qu'il en déroulait devant elle les phases successives. On aurait dit qu'elle les voyait revivre et se souvenait.

Éperdue, elle balbutia :

«Vous êtes fou! mon mari est incapable... Si quelqu'un est venu, l'autre nuit, ce ne peut être lui... C'est en dehors de toute possibilité...»

Il insinua :

«Est-ce qu'il existait une copie de votre collier ?

— Oui... Par prudence, il en avait fait faire une, à l'époque de l'achat, il y a quatre ans.

— Et qui la possédait ?

— Mon mari», dit-elle très bas.

Jim Barnett conclut joyeusement :

« C'est cette copie que vous tenez entre les mains ! C'est elle qui a été substituée à vos perles véritables. Les autres, les vraies, il les a prises. Pour quelle cause ? La fortune du baron Assermann le mettant au-dessus de toute accusation de vol, devons-nous envisager des mobiles d'un ordre intime… vengeance… besoin de tourmenter, de faire du mal, peut-être de punir ? N'est-ce pas ? une jeune et jolie femme peut commettre certaines imprudences, bien légitimes, mais qu'un mari juge avec quelque sévérité… Excusez-moi, baronne. Il ne m'appartient pas d'entrer dans les secrets de votre ménage, mais seulement de chercher, d'accord avec vous, où se trouve votre collier.

— Non ! s'écria Valérie, avec un mouvement de recul, non ! non ! »

Elle en avait soudain assez, de cet insupportable auxiliaire qui, en quelques minutes de conversation, presque badine par instants, et d'une façon contraire à toutes les règles d'une enquête, découvrait avec une aisance diabolique tous les mystères qui l'enveloppaient, et lui montrait, d'un air goguenard, l'abîme où le destin la précipitait. Elle ne voulait plus entendre sa voix sarcastique.

« Non », répétait-elle obstinément.

Il s'inclina.

« À votre aise, madame. Loin de moi l'idée de vous importuner. Je suis là pour vous rendre service et dans la mesure où cela vous plaît. Au point où nous en sommes, d'ailleurs, je suis persuadé que vous pouvez vous dispenser de mon aide, d'autant plus que votre mari, ne pouvant sortir, n'aura certes pas commis l'imprudence de confier les perles à quelqu'un, et qu'il doit les avoir cachées dans un coin quelconque de son appartement. Une recherche méthodique vous les livrera. Mon ami Béchoux me semble tout indiqué pour cette petite besogne professionnelle. Un mot encore. Au cas où vous auriez besoin de moi, téléphonez à l'Agence ce soir, de neuf à dix. Je vous salue, madame. »

De nouveau, il lui baisa la main, sans qu'elle osât

esquisser la moindre résistance. Puis il partit d'un pas sautillant, en se dandinant sur ses hanches avec satisfaction. Bientôt la porte de la cour fut refermée.

Le soir même, Valérie mandait l'inspecteur Béchoux, dont la présence continuelle à l'hôtel Assermann ne pouvait paraître que naturelle, et les recherches commencèrent. Béchoux, policier estimable, élève du fameux Ganimard, et qui travaillait selon les méthodes courantes, divisa la chambre, le cabinet de toilette et le bureau particulier en secteurs qu'il visita tour à tour. Un collier à trois rangs de perles constitue une masse qu'il n'est pas possible de celer, surtout à des gens du métier comme lui. Cependant, après huit jours d'efforts acharnés, après des nuits aussi, où profitant de ce que le baron Assermann avait l'habitude de prendre des soporifiques, il explorait le lit lui-même et le dessous du lit, l'inspecteur Béchoux se découragea. Le collier ne pouvait être dans l'hôtel.

Malgré ses répugnances, Valérie pensait à reprendre contact avec l'Agence Barnett et à demander secours à l'intolérable personnage. Qu'importait que celui-ci lui baisât la main et l'appelât chère baronne, s'il parvenait au but ?

Mais un événement, que tout annonçait sans qu'on pût le croire aussi proche, brusqua la situation. Une fin d'après-midi, on vint la chercher en hâte : son mari était la proie d'une crise inquiétante. Prostré sur le divan, au seuil du cabinet de toilette, il étouffait. Sa face décomposée marquait d'atroces souffrances.

Effrayée, Valérie téléphona au docteur. Le baron marmotta :

«Trop tard… trop tard…

— Mais non, dit-elle, je te jure que tout ira bien.»

Il essaya de se lever.

«À boire…, demanda-t-il en titubant vers la toilette.

— Mais tu as de l'eau dans la carafe, mon ami.

— Non… non… pas de cette eau-là…

— Pourquoi ce caprice ?

— Je veux boire l'autre… celle-ci…»

Il retomba sans forces. Elle ouvrit vivement le robinet du lavabo qu'il désignait, puis alla chercher un verre qu'elle remplit et que, finalement, il refusa de boire.

Un long silence suivit. L'eau coulait doucement à côté. La figure du moribond se creusait.

Il lui fit signe qu'il avait à parler. Elle se pencha. Mais il dut craindre que les domestiques n'entendissent, car il ordonna :

« Plus près... plus près... »

Elle hésitait, comme si elle eût redouté les paroles qu'il voulait dire. Le regard de son mari fut si impérieux que, soudain domptée, elle s'agenouilla et colla presque son oreille contre lui. Des mots furent chuchotés, incohérents, et dont elle pouvait tout au plus deviner le sens.

« Les perles... le collier... Il faut que tu saches, avant que je ne parte... Voilà... tu ne m'as jamais aimé... Tu m'as épousé... à cause de ma fortune... »

Elle protesta, indignée, contre une accusation si cruelle à cette heure solennelle. Mais il lui avait saisi le poignet, et il répétait, confusément, d'une voix de délire :

« ... à cause de ma fortune, et tu l'as prouvé par ta conduite... Tu n'as pas été une bonne épouse, et c'est pourquoi j'ai voulu te punir. En ce moment même, je suis en train de te punir... Et j'éprouve une joie affreuse... Mais il faut que cela soit... et j'accepte de mourir parce que les perles s'évanouissent... Tu ne les entends pas qui tombent et qui s'en vont au torrent ? Ah ! Valérie, quel châtiment !... les gouttes qui tombent... les gouttes qui tombent... »

Il n'avait plus de forces. Les domestiques le portèrent sur son lit. Bientôt le docteur arrivait, et il vint aussi deux vieilles cousines que l'on avait averties et qui ne bougèrent plus de la chambre. Elles semblaient attentives aux moindres gestes de Valérie, et toutes prêtes à défendre les tiroirs et les commodes contre toute atteinte.

L'agonie fut longue. Le baron Assermann mourut au petit jour, sans avoir prononcé d'autres paroles. Sur la demande formelle des deux cousines, les scellés furent mis aussitôt à tous les meubles de la chambre. Et les longues heures funèbres de la veillée commencèrent.

Deux jours plus tard, après l'enterrement, Valérie reçut la visite du notaire de son mari qui lui demanda un entretien particulier.

Il gardait une expression grave et affligée, et il dit aussitôt :

« La mission que je dois remplir est pénible, madame la baronne, et je voudrais l'exécuter aussi rapidement que possible, tout en vous assurant d'avance que je n'approuve pas, que je ne saurais approuver ce qui a été fait à votre détriment. Mais je me suis heurté à une volonté inflexible. Vous connaissiez l'obstination de M. Assermann, et malgré mes efforts...

— Je vous en prie, monsieur, expliquez-vous, supplia Valérie.

— Voici donc, madame la baronne. Voici. J'ai entre les mains un premier testament de M. Assermann qui date d'une vingtaine d'années, et qui vous désignait alors comme légataire universelle et seule héritière. Mais je dois vous dire que, le mois dernier, il m'a confié qu'il en avait fait un autre... par lequel il laissait toute sa fortune à ses deux cousines.

— Et vous l'avez, cet autre testament ?

— Après me l'avoir lu, il l'a enfermé dans le secrétaire que voici. Il désirait que l'on n'en prît connaissance qu'une semaine après sa mort. Les scellés ne pourront être levés qu'à cette date. »

La baronne Assermann comprit alors pourquoi son mari lui avait conseillé, quelques années auparavant, à l'époque de violents désaccords entre eux, de vendre tous ses bijoux et d'acheter, avec cet argent, un collier de perles. Le collier étant faux, Valérie étant déshéritée et n'ayant aucune fortune, elle demeurait sans ressources.

La veille du jour fixé pour la levée des scellés, une automobile s'arrêta devant une modeste boutique de la rue de Laborde, qui portait cette inscription :

Agence Barnett et Cie
ouverte de deux à trois heures.
Renseignements gratuits.

Une dame en grand deuil descendit et frappa.

«Entrez», cria-t-on de l'intérieur.

Elle entra.

«Qui est là? reprit une voix qu'elle reconnut, et qui parlait d'une arrière-boutique séparée de l'agence par un rideau.

— La baronne Assermann, dit-elle.

— Ah! toutes mes excuses, baronne. Veuillez vous asseoir. J'accours.»

Valérie Assermann attendit, tout en examinant le bureau. Il était en quelque sorte tout nu: une table, deux vieux fauteuils, des murs vides, pas de dossiers, pas la moindre paperasse. Un appareil téléphonique constituait l'unique ornement et l'unique instrument de travail. Sur un cendrier, cependant, des bouts de cigarettes de grand luxe, et, par toute la pièce, une odeur fine et délicate.

La tenture du fond se souleva, et Jim Barnett jaillit, alerte et souriant. Même redingote râpée, nœud de cravate tout fait, et surtout mal fait. Monocle au bout d'un cordon noir.

Il se précipita sur une main dont il embrassa le gant.

«Comment allez-vous, baronne? C'est pour moi un véritable plaisir... Mais qu'y a-t-il donc? Vous êtes en deuil? Rien de sérieux, j'espère? Ah! mon Dieu, suis-je étourdi! Je me rappelle... Le baron Assermann, n'est-ce pas? Quelle catastrophe! Un homme si charmant, qui vous aimait tant! Et alors, où en étions-nous?»

Il tira de sa poche un menu carnet qu'il feuilleta.

«Baronne Assermann... Parfait... je me souviens... Perles fausses. Mari cambrioleur... Jolie femme... Très jolie femme... Elle doit me téléphoner...

«Eh bien, chère madame, conclut-il avec une familiarité croissante, je l'attends toujours, ce coup de téléphone.»

Cette fois encore, Valérie fut déroutée par le personnage. Sans vouloir se poser en femme que la mort de son mari a terrassée, elle éprouvait tout de même des sentiments pénibles, auxquels s'ajoutaient l'angoisse de l'avenir et l'horreur de la misère. Elle venait de passer quinze jours affreux, avec des visions de ruine et de détresse, avec des cauchemars, des remords, des épouvantes, des désespoirs dont les traces marquaient durement son visage flétri... Et voici qu'elle se trouvait en face d'un petit homme joyeux, désinvolte et papillotant, qui n'avait pas du tout l'air de comprendre la situation.

Pour donner à l'entretien le ton qui convenait, elle raconta les événements avec beaucoup de dignité, et, tout en évitant de récriminer contre son mari, répéta les déclarations du notaire.

« Parfait ! Très bien !... ponctuait le détective, avec un sourire approbateur... Parfait !... Tout cela s'enchaîne admirablement. C'est un plaisir de voir dans quel ordre se déroule ce drame passionnant !

— Un plaisir ? interrogea Valérie, de plus en plus désemparée.

— Oui, un plaisir que doit avoir ressenti vivement mon ami l'inspecteur Béchoux... Car je suppose qu'il vous a expliqué ?...

— Quoi ?

— Comment, quoi ? Mais le nœud de l'intrigue, le ressort de la pièce ! Hein, est-ce assez cocasse ? Ce que Béchoux a dû rire ! »

Jim Barnett riait de bon cœur, en tout cas, lui.

« Ah ! le coup du lavabo ! en voilà une trouvaille ! Vaudeville plutôt que drame, d'ailleurs ! Mais combien adroitement charpenté ! Tout de suite, je vous l'avoue, j'ai flairé le truc, et, quand vous m'avez parlé d'un ouvrier plombier, j'ai vu immédiatement le rapport entre la réparation effectuée au lavabo et les projets du baron Assermann. Je me suis dit : "Mais, saperlotte, tout est là ! En même temps que le baron combinait la substitution du collier, il se réservait une bonne cachette pour les vraies perles !" Car, pour lui, c'était l'essentiel, n'est-ce pas ? S'il vous avait simplement frustrée des perles, pour les jeter dans la Seine comme un paquet sans valeur dont on veut se débarrasser, ce n'eût été qu'une moitié de vengeance. Afin que cette vengeance fût complète, totale, magnifique, il lui fallait garder les perles à sa portée, et les enfouir, par conséquent, dans une cachette toute proche et vraiment inaccessible. Et c'est ce qui fut fait. »

Jim Barnett s'amusait beaucoup et continuait en riant :

« C'est ce qui fut fait, grâce aux instructions qu'il donna, et vous entendez d'ici le dialogue entre le compagnon plombier et le banquier : "Dites donc, l'ami, examinez donc ce tuyau de vidange, sous mon lavabo ? il descend jusqu'à la plinthe et s'en va de mon cabinet de toilette en pente presque insensible, n'est-ce pas ? Eh bien, cette pente, vous allez encore l'atténuer, et vous allez même, ici, dans ce coin obscur, relever un peu le tuyau de manière à former une sorte de cul-de-sac où un objet pourrait au besoin séjourner. Si l'on ouvre le robinet, l'eau coulera, remplira tout de suite le cul-de-sac et entraînera l'objet. Vous comprenez, mon ami ? Oui ? En ce cas, sur le côté du tuyau, contre le mur, afin qu'on ne puisse le voir, percez-moi un trou d'environ un centimètre de diamètre... Juste à cet endroit... À merveille ! Ça y est ! Maintenant obturez-moi ce trou avec ce bouchon de caoutchouc. Nous y sommes ? Parfait, mon ami. Il ne me reste plus qu'à vous remercier, et à régler cette petite question entre nous. On est d'accord, n'est-ce pas ? Pas un mot à personne ? Le silence. Tenez, voici de quoi prendre un billet ce soir, à six heures, pour Bruxelles. Et voici trois chèques à toucher là-bas, un par mois. Dans trois mois, liberté de revenir. Adieu, mon ami..." Sur quoi, poignée de main. Et le soir même, ce soir où vous avez entendu du bruit dans votre boudoir, substitution des perles et dépôt des véritables dans la cachette préparée, c'est-à-dire au creux du tuyau ! Et alors vous comprenez ? Se sentant perdu, le baron vous appelle : "Un verre d'eau, je t'en prie. Non, pas de l'eau de la carafe... mais de celle qui est là." Vous obéissez. Et c'est le châtiment, le châtiment terrible déclenché par votre main qui tourne le robinet. L'eau coule, entraîne les perles, et le baron enthousiasmé marmotte : "Tu entends ? elles s'en vont... elles tombent dans les ténèbres." »

La baronne avait écouté, muette et bouleversée, et cependant, plus que l'horreur de cette histoire où apparaissaient si cruellement toute la rancœur et toute la haine de son mari, elle évoquait une chose qui se dégageait des faits avec une précision effrayante.

« Vous saviez donc ? murmura-t-elle... Vous saviez la vérité ?

— Dame, fit-il, c'est mon métier.

— Et vous n'avez rien dit !

— Comment ! Mais c'est vous, baronne, qui m'avez empêché de dire ce que je savais, ou ce que j'étais sur le point de savoir, et qui m'avez congédié, quelque peu brutalement. Je suis un homme discret, moi. Je n'ai pas insisté. Et puis ne fallait-il pas vérifier ?

— Et vous avez vérifié ? balbutia Valérie.

— Oh ! simple curiosité.

— Quel jour ?

— Cette même nuit.

— Cette même nuit ? Vous avez pu pénétrer dans la maison ? dans cet appartement ? Mais je n'ai pas entendu...

— L'habitude d'opérer sans bruit... Le baron Assermann non plus n'a rien entendu... Et cependant...

— Cependant ?...

— Pour me rendre compte, j'ai élargi le trou du tuyau... vous savez ?... ce trou par lequel on les avait introduites. »

Elle tressaillit.

« Alors ?... alors ?... vous avez vu ?...

— J'ai vu.

— Les perles ?...

— Les perles étaient là. »

Valérie répéta plus bas, la voix étranglée :

« Alors, si elles étaient là, alors vous avez pu... les prendre... »

Il avoua ingénument :

« Mon Dieu, je crois que sans moi, Jim Barnett, elles eussent subi le sort que M. Assermann leur avait réservé pour le jour prévu de sa mort prochaine, le sort qu'il a décrit... rappelez-vous... "Elles s'en vont... elles tombent dans les ténèbres... Des gouttes qui tombent..." Et sa vengeance eût réussi, ce qui aurait été dommage. Un si beau collier... une pièce de collection ! »

Valérie n'était pas une femme à sursauts de violence et à explosions de colère, qui eussent dérangé l'harmonie de sa personne. Mais, en l'occasion, une telle fureur la secoua qu'elle bondit vers le sieur Barnett et tâcha de le saisir au collet.

« C'est un vol ! Vous n'êtes qu'un aventurier... Je m'en doutais... Un aventurier ! un aigrefin ! »

Le mot « aigrefin » délecta le jeune homme.

« Aigrefin !... charmant... » chuchota-t-il.

Mais Valérie ne s'arrêtait pas. Tremblante de rage, elle arpentait la pièce en criant :

« Je ne me laisserai pas faire ! Vous me le rendrez, et tout de suite ! Sinon, je préviens la police.

— Oh ! le vilain projet ! s'exclama-t-il, et comment une jolie femme comme vous peut-elle ainsi manquer de délicatesse à l'égard d'un homme qui fut tout dévouement et toute probité ! »

Elle haussa les épaules et ordonna :

« Mon collier !

— Mais il est à votre disposition, sacrebleu ! Croyez-vous que Jim Barnett dévalise les gens qui lui font l'honneur de l'utiliser ? Fichtre ! que deviendrait l'Agence Barnett et Cie, dont la vogue est précisément fondée sur sa réputation d'intégrité et sur son désintéressement absolu ? Pas un sou, je ne réclame pas un sou aux clients. Si je gardais vos perles, je serais un voleur, un aigrefin. Et je suis un honnête homme. Le voici, votre collier, chère baronne ! »

Il exhiba un sac d'étoffe qui contenait les perles recueillies et le posa sur la table.

Stupéfaite, la « chère baronne » saisit le précieux collier, d'une main qui tremblait. Elle n'en pouvait croire ses yeux. Était-il admissible que cet individu restituât ainsi ?... Mais soudain elle dut craindre que ce ne fût là qu'un bon mouvement, car elle se sauva vers la porte, d'un pas saccadé, et sans le moindre merci.

« Comme vous êtes pressée ! dit-il en riant. Vous ne les comptez même pas ! Trois cent quarante-cinq. Elles y sont toutes... Et ce sont les vraies, cette fois...

— Oui, oui... fit Valérie... je sais...

— Vous êtes sûre, n'est-ce pas ? Ce sont bien celles que votre bijoutier estimait cinq cent mille francs ?

— Oui... les mêmes.

— Vous le garantissez ?

— Oui, dit-elle nettement.

— En ce cas, je vous les achète.

— Vous me les achetez ? Que signifie ?

— Cela signifie qu'étant sans fortune vous serez obligée de les vendre. Alors autant vous adresser à moi, qui vous offre plus que personne au monde... vingt fois leur valeur. Au lieu de cinq cent mille francs, je vous propose dix millions. Ha ! ha ! vous voilà tout ébahie ! Dix millions, c'est un chiffre.

— Dix millions !

— Exactement le prix auquel se monte, dit-on, l'héritage de M. Assermann. »

Valérie s'était arrêtée devant la porte.

« L'héritage de mon mari, dit-elle... Je ne saisis pas le rapport... Expliquez-vous. »

Jim Barnett scanda doucement :

« L'explication tient en quelques mots. Vous avez à choisir : ou bien le collier de perles ou bien l'héritage.

— Le collier de perles... l'héritage ?... répéta-t-elle sans comprendre.

— Mon Dieu, oui. Cet héritage, comme vous me l'avez dit, dépend de deux testaments, le premier en votre faveur, le second en faveur de deux vieilles cousines riches comme Crésus, et, paraît-il, méchantes comme des sorcières. Que l'on ne retrouve pas le second, c'est le premier qui est valable. »

Elle prononça sourdement :

« Demain on doit lever les scellés et ouvrir le secrétaire. Le testament s'y trouve.

— Il s'y trouve… ou il ne s'y trouve plus, ricana
Barnett. J'avoue même qu'à mon humble avis il ne
s'y trouve plus.

— Est-ce possible ?

— Très possible… presque certain même… Je crois
me souvenir, en effet, que, le soir de notre conversation, lorsque je suis venu palper le tuyau du lavabo,
j'en ai profité pour faire une petite visite domiciliaire
chez votre mari. Il dormait si bien !

— Et vous avez pris le testament ? dit-elle en frémissant.

— Ça m'en a tout l'air. C'est bien ce griffonnage,
n'est-ce pas ? »

Il déplia une feuille de papier timbré, où elle reconnut l'écriture de M. Assermann, et elle put lire ces
phrases :

« Je soussigné, Assermann, Léon-Joseph, banquier,
en raison de certains faits qu'elle n'a pas oubliés,
déclare que ma femme ne pourra émettre la moindre
prétention sur ma fortune, et que… »

Elle n'acheva pas. Sa voix s'étranglait. Toute
défaillante, elle tomba sur le fauteuil, en bégayant :

« Vous avez volé ce papier !… Je ne veux pas être
complice !… Il faut que les volontés de mon pauvre
mari soient exécutées !… Il le faut ! »

Jim Barnett esquissa un mouvement d'enthousiasme :

« Ah ! c'est bien, ce que vous faites, chère amie ! Le
devoir est là, dans le sacrifice, et je vous approuve
pleinement… d'autant plus que c'est un devoir très
rude. Car enfin ces deux vieilles cousines sont indignes
de tout intérêt, et c'est vous-même que vous immolez
aux petites rancunes de M. Assermann. Quoi ? Pour
quelques peccadilles de jeunesse, vous acceptez une
telle injustice ! La belle Valérie sera privée du luxe
auquel elle a droit, et réduite à la grande misère ! Tout
de même, je vous supplie de réfléchir, baronne. Pesez
bien votre acte, et comprenez-en toute la portée. Si
vous choisissez le collier, c'est-à-dire, pour qu'il n'y

ait pas de malentendu entre nous, *si ce collier sort de cette pièce*, le notaire, comme de juste, recevra demain ce second testament et vous êtes déshéritée.

— Sinon ?

— Sinon, ni vu ni connu, pas de second testament, et vous héritez intégralement. Dix millions qui rappliquent, grâce à Jim. »

La voix était sarcastique. Valérie se sentait étreinte, prise à la gorge, inerte comme une proie entre les mains de ce personnage infernal. Nulle résistance possible. Au cas où elle ne lui abandonnerait pas le collier, le testament devenait public. Avec un pareil adversaire, toute prière était vaine. Il ne céderait pas.

Jim Barnett passa un instant dans l'arrière-salle que masquait une tenture, et il eut l'audace impertinente de revenir, le visage enduit de gras qu'il essuyait au fur et à mesure, ainsi qu'un acteur qui se démaquille.

Une autre figure apparut ainsi, plus jeune, avec une peau fraîche et saine. Le nœud tout fait fut changé contre une cravate à la mode. Un veston de bonne coupe remplaça la vieille redingote luisante. Et il agissait tranquillement, en homme que l'on ne peut ni dénoncer ni trahir. Jamais, il en était certain, Valérie n'oserait dire un mot de tout cela à personne, pas même à l'inspecteur Béchoux. Le secret était inviolable.

Il se pencha vers elle et dit en riant :

« Allons ! j'ai l'impression que vous voyez les choses plus clairement. Tant mieux ! Après tout, qui saura jamais que la riche Mme Assermann porte un collier faux ? Aucune de vos amies. Aucun de vos amis. De sorte que vous gagnez une double bataille, conservant à la fois votre légitime fortune et un collier que tout le monde croira véritable. N'est-ce pas charmant ? Et la vie ne vous apparaît-elle pas de nouveau délicieuse ? la jolie vie mouvementée, diverse, amusante, aimable, où l'on peut faire toutes les petites folies que l'on a le droit de faire à votre âge ? »

Valérie n'avait pas pour l'instant la moindre envie de faire des petites folies. Elle jeta sur Jim Barnett un regard de haine et de fureur, se leva, et, toute droite, soutenue par une dignité de grande dame qui opère une sortie malaisée dans un salon hostile, elle s'en alla.

Elle laissait sur la table le petit sac de perles.

« Et voilà ce qu'on appelle une honnête femme! dit Barnett en se croisant les bras avec une vertueuse indignation. Son mari la déshérite pour la punir de ses frasques... et elle ne tient pas compte des volontés de son mari! Il y a un testament... et elle l'escamote! Un notaire... et elle se joue de lui! De vieilles cousines... et elle les dépouille! Quelle abomination! et quel beau rôle que celui de justicier qui châtie et remet les choses à leur véritable place!»

Prestement, Jim Barnett remit le collier à sa véritable place, c'est-à-dire au fond de sa poche. Puis, ayant fini de se vêtir, le cigare aux lèvres, le monocle à l'œil, il quitta l'Agence Barnett et Cie.

II

LA LETTRE D'AMOUR DU ROI GEORGE

On frappa.

M. Barnett, de l'Agence Barnett et Cie, qui somnolait sur son fauteuil, dans l'attente du client, répondit :

« Entrez. »

Tout de suite, en voyant le nouveau venu, il s'écria cordialement :

« Ah! l'inspecteur Béchoux! Ça c'est gentil de me rendre visite. Comment allez-vous, mon cher ami? »

L'inspecteur Béchoux contrastait, comme tenue et comme manières, avec le type courant de l'agent de la Sûreté. Il visait à l'élégance, exagérait le pli de son pantalon, soignait le nœud de sa cravate, et faisait glacer ses faux cols. Il était pâle, long, maigre, chétif, mais pourvu de deux bras énormes, à biceps saillants, qu'il semblait avoir dérobés à un champion de boxe et accrochés, tant bien que mal, à sa carcasse de poids plume. Il en était très fier. D'ailleurs un air de grande satisfaction habitait sa face juvénile. Le regard ne manquait pas d'intelligence et d'acuité.

«Je passais par là, répondit-il, et je me suis dit, connaissant vos habitudes régulières : "Tiens! mais c'est l'heure de Jim Barnett. Si je m'arrêtais…"

— Pour lui demander conseil…, acheva Jim Barnett.

— Peut-être », avoua l'inspecteur, que la clairvoyance de Barnett étonnait toujours.

Il restait indécis cependant, et Barnett lui dit :

« Qu'y a-t-il donc ? La consultation paraît difficile aujourd'hui. »

Béchoux frappa la table du poing (et la force de son poing participait du formidable levier que constituait son bras).

« Eh bien, oui, j'hésite un peu. Trois fois déjà, Barnett, nous avons eu l'occasion de travailler ensemble à des enquêtes malaisées, vous comme détective privé, moi comme inspecteur de police, et, les trois fois, j'ai cru constater que les personnes qui avaient sollicité votre concours, la baronne Assermann par exemple, se séparaient de vous avec une certaine rancune.

— Comme si j'avais profité de l'occasion pour les faire chanter…, interrompit Barnett.

— Non… je ne veux pas dire… »

Barnett lui frappa l'épaule :

« Inspecteur Béchoux, vous n'ignorez pas la formule de la maison : "Renseignements gratuits." Eh bien, je vous donne ma parole d'honneur que jamais, vous entendez, je ne demande un sou à mes clients et que jamais je n'accepte d'eux un centime. »

Béchoux respira plus librement.

« Merci, dit-il. Vous comprenez que ma conscience professionnelle ne me permet de collaborer qu'à de certaines conditions. Mais, en vérité (excusez-moi d'être indiscret), quelles sont donc les ressources de l'Agence Barnett ?

— Je suis commandité par plusieurs philanthropes qui désirent garder l'anonymat. »

Béchoux n'insista pas. Et Barnett reprit :

« Et alors, Béchoux, où cela se passe-t-il, votre affaire ?

— Près de Marly. Il s'agit de l'assassinat du bonhomme Vaucherel. Vous en avez entendu parler ?

— Vaguement.

— Ça ne m'étonne pas. Les journaux s'y intéressent encore peu, bien que l'affaire soit diablement curieuse...

— Un coup de couteau, n'est-ce pas ?

— Oui, entre les deux épaules.

— Des empreintes digitales sur le couteau ?

— Non. Le manche avait été sans doute enveloppé d'un papier, que l'on retrouva en cendres.

— Et pas d'indices ?

— Aucun. Du désordre. Des meubles renversés. En outre le tiroir d'une table fracturé, mais sans qu'il soit possible de dire pourquoi on l'a fracturé et ce que l'on y a pris.

— Où en est l'instruction ?

— À l'heure actuelle, on confronte le sieur Leboc, fonctionnaire en retraite, avec les trois cousins Gaudu, trois gredins de la pire espèce, maraudeurs et braconniers. Des deux côtés, et sans la moindre preuve, on s'accuse réciproquement de l'assassinat. Voulez-vous que nous y allions en auto ? Rien ne vaut la réalité d'un interrogatoire.

— Allons-y.

— Un mot encore, Barnett. M. Formerie, qui instruit l'affaire et qui espère bien ainsi attirer l'attention sur lui et conquérir un poste à Paris, est un magistrat pointilleux, susceptible, qui supporterait mal ces petits airs moqueurs qu'il vous arrive de prendre avec les représentants de la justice.

— Je vous promets, Béchoux, d'avoir pour lui les égards qu'il mérite. »

À mi-distance du bourg de Fontines à la forêt de Marly, au milieu de bois taillis qu'une bande de terrain sépare de la forêt, se trouve, dans une enceinte de murs peu élevés, une maisonnette à un seul étage, avec un modeste potager. La « Chaumière » était habitée, huit jours encore auparavant, par un ancien libraire, le bonhomme Vaucherel, qui ne quittait son petit domaine de fleurs et de légumes que pour bouquiner de temps à autre sur les quais de Paris. Très avare, il passait pour riche, bien qu'il vécût médiocrement. Il ne recevait personne, sauf son ami, le sieur Leboc, qui demeurait à Fontines.

La reconstitution du crime et l'interrogatoire du sieur Leboc avaient eu déjà lieu, et les magistrats déambulaient dans le jardin lorsque Jim Barnett et l'inspecteur descendirent d'auto. Béchoux se fit reconnaître des agents qui gardaient l'entrée de la Chaumière et, suivi de Barnett, rejoignit le juge d'instruction et le substitut au moment où ceux-ci s'arrêtaient à l'un des angles du mur. Les trois cousins Gaudu commençaient leurs dépositions. C'étaient trois valets de ferme, à peu près du même âge, qui n'avaient rien de commun entre eux qu'une même expression sournoise et têtue, sur des faces entièrement dissemblables. L'aîné affirma :

«Oui, monsieur le juge, c'est bien là qu'on a sauté pour porter secours.

— Vous veniez de Fontines ?

— De Fontines, et en retournant au travail, sur le coup de deux heures, nous bavardions avec la mère Denise, près d'ici, à la lisière du taillis, quand les cris ont commencé. "On appelle au secours, que je dis, ça vient de la Chaumière."

«Le bonhomme Vaucherel, vous comprenez, monsieur le juge, si on le connaissait ! On a donc couru. On a sauté le mur... Pas commode avec les tessons de bouteilles... Et on a traversé le jardin...

— Où étiez-vous exactement à l'instant où la porte de la maison s'est ouverte ?

— Ici même, dit l'aîné des Gaudu, qui mena le groupe vers une plate-bande.

— Somme toute, à quinze mètres du perron, fit le juge en désignant les deux marches qui montaient au vestibule. Et c'est de là que vous avez vu apparaître...

— ... M. Leboc lui-même... Je l'ai vu comme je vous vois... Il sortait d'un bond, comme quelqu'un qui se sauve, et, en nous voyant, il est rentré de même.

« — Vous êtes sûr que c'était lui ?

— Sûr devant Dieu !

— Et vous aussi ? » demanda le juge aux deux autres.

Ils affirmèrent :

« Sûr, devant Dieu !

— Vous ne pouvez pas vous tromper ?

— Voilà cinq ans qu'il habite près de nous, au débouché de Fontines, déclara l'aîné, même que j'ai porté du lait chez lui. »

Le juge donna des ordres. La porte du vestibule fut ouverte, et de l'intérieur vint un homme d'une soixantaine d'années, vêtu de coutil marron, coiffé d'un chapeau de paille, à figure rose et souriante.

« M. Leboc… » articulèrent en même temps les trois cousins.

Le substitut prononça, à part :

« Il est évident qu'aucune erreur n'est possible à cette distance, et que les Gaudu n'ont pas pu s'abuser sur l'identité du fugitif, c'est-à-dire de l'assassin.

— Certes, fit le juge. Mais disent-ils la vérité ? Est-ce réellement M. Leboc qu'ils ont vu ? Continuons, voulez-vous ? »

Tout le monde pénétra dans la maison et envahit une vaste salle où les murs étaient comme tapissés de livres. Quelques meubles seulement. Une grande table, celle dont un des tiroirs avait été fracturé. Un portrait en pied et sans cadre du bonhomme Vaucherel, sorte de pochade coloriée, comme peut en faire un rapin qui s'amuse à chercher surtout la silhouette. Par terre, un mannequin représentant la victime.

Le juge reprit :

« À votre arrivée, Gaudu, vous n'avez pas revu M. Leboc ?

— Non. On entendait des gémissements par ici, et on est venus tout de suite.

— Donc M. Vaucherel vivait…

— Oh ! pas bien fort. Il était à plat ventre, avec son couteau entre les épaules… On s'est mis à genoux… Le pauvre monsieur disait des mots…

— Que vous avez entendus ?

— Non… un seul tout au plus… Le nom de Leboc,

qu'il répéta plusieurs fois... "M. Leboc... M. Leboc..."
Et il mourut en se tordant sur lui-même. Alors on a
couru partout. Mais M. Leboc n'était plus là. Il avait
dû sauter par la fenêtre de la cuisine, qui était
ouverte, et puis s'en aller par le petit chemin de
cailloux qui reste à couvert jusque derrière chez lui...
Alors on a été tous les trois à la gendarmerie... où on
a raconté la chose...»

Le juge posa encore quelques questions, fit préci-
ser de nouveau l'accusation très nette que les cousins
portaient contre M. Leboc, et se tourna vers celui-ci.

M. Leboc avait écouté, sans interrompre, et sans
même que sa paisible attitude fût altérée par la moindre
indignation. On eût dit que l'histoire des Gaudu lui
semblait si stupide qu'il ne doutait point que cette stu-
pidité n'apparût à la justice avec autant de force qu'à
lui. On ne réfute pas de telles bêtises.

«Vous n'avez rien à dire, monsieur Leboc?

— Rien de nouveau.

— Vous persistez à soutenir?...

— Je persiste à soutenir ce que vous savez aussi
bien que moi, monsieur le juge d'instruction, c'est-à-
dire la vérité. Toutes les personnes de Fontines que
vous avez interrogées, ou fait interroger, ont répondu:
"M. Leboc ne sort jamais de chez lui dans la journée.
À midi, on lui apporte de l'auberge son déjeuner. De
une heure à quatre, il lit devant sa fenêtre et fume sa
pipe." Or, il faisait beau ce jour-là. Ma fenêtre était
ouverte et cinq passants — cinq — m'ont aperçu,
comme chaque après-midi, d'ailleurs, ils m'aperçoi-
vent, à travers la grille de mon jardin.

— Je les ai convoqués pour la fin de la journée.

— Tant mieux, ils confirmeront leurs dépositions,
et puisque je n'ai pas le don d'ubiquité et que je ne
puis pas être à la fois ici et chez moi, vous admettrez,
monsieur le juge, qu'on ne m'a pas vu sortir de la
Chaumière, que mon ami Vaucherel n'a pas pu prononcer mon nom en mourant, et que, en définitive,
les trois Gaudu sont d'abominables coquins.

— Contre lesquels, n'est-ce pas, vous retournez
l'accusation d'assassinat?

— Oh! simple hypothèse…

— Cependant une vieille femme, la mère Denise, qui ramassait des fagots, déclare qu'elle causait avec eux à l'instant où se sont élevés les cris.

— Elle causait avec *deux* d'entre eux. Où était le troisième?

— Un peu en arrière.

— L'a-t-elle vu?

— Elle le croit… elle n'est pas très sûre.

— Alors, monsieur le juge, qui vous prouve que le troisième Gaudu n'était pas ici même, en train d'exécuter le coup? Et qui prouve que les deux autres, postés aux environs, n'aient pas sauté le mur, non pour secourir la victime, mais pour étouffer ses cris et l'achever?

— En ce cas, quelle raison les porterait à vous accuser, vous, personnellement?

— J'ai une petite chasse. Les cousins Gaudu sont des braconniers impénitents. Deux fois, sur mes indications, ils ont été pris en flagrant délit et condamnés. Aujourd'hui, comme il leur faut, coûte que coûte, accuser afin de n'être pas accusés, ils se vengent.

— Simple hypothèse, comme vous le dites. Pourquoi auraient-ils tué?

— Je l'ignore.

— Vous n'imaginez pas ce qui a pu être dérobé dans le tiroir?

— Non, monsieur le juge d'instruction. Mon ami Vaucherel, qui n'était pas riche, quoi qu'on dise, avait placé ses petites économies chez un agent de change et ne gardait rien ici.

— Aucun objet précieux?

— Aucun.

— Ses livres?

— Pas de valeur, comme vous pouvez vous en assurer. Et c'était son regret. Il eût voulu s'offrir des éditions rares, des reliures anciennes. Il n'en avait pas les moyens.

— Il ne vous a jamais parlé des cousins Gaudu?

— Jamais. Si grand que soit mon désir de venger

la mort de mon pauvre ami, je ne veux rien dire qui ne soit absolument véridique. »

L'interrogatoire se poursuivit. Le juge pressa de questions les trois cousins. Mais, somme toute, la confrontation n'apporta aucun résultat. Après avoir éclairci quelques points secondaires, les magistrats se rendirent à Fontines.

La propriété de M. Leboc, située sur les confins du village, n'était pas plus importante que la Chaumière. Une haie bien taillée et très haute entourait le jardin. À travers la grille d'entrée on apercevait, au-delà d'une petite pelouse toute ronde, une maison de brique badigeonnée de blanc. Comme à la Chaumière, quinze à vingt mètres environ de distance.

Le juge pria M. Leboc de prendre la place qu'il occupait au jour du crime. M. Leboc s'assit donc à sa fenêtre, un livre sur ses genoux et sa pipe aux lèvres.

Là non plus, l'erreur n'était pas possible. Toute personne passant devant la grille et jetant un coup d'œil sur la maison, ne pouvait pas ne pas voir distinctement M. Leboc. Les cinq témoins convoqués, paysans ou boutiquiers de Fontines, confirmèrent leur déposition et de telle façon que la présence de M. Leboc, le jour du crime, entre midi et quatre heures, ne pouvait pas faire plus de doute que sa présence actuelle devant les magistrats.

Ceux-ci ne cachèrent pas leur embarras devant l'inspecteur, et le juge d'instruction, à qui Béchoux présenta son ami Barnett comme un détective d'une extraordinaire pénétration, ne put s'empêcher de dire :

« Affaire embrouillée, monsieur, qu'en pensez-vous ?

— Oui, qu'en pensez-vous ? » appuya Béchoux qui rappela d'un signe à Barnett ses recommandations de courtoisie.

Jim Barnett avait assisté sans mot dire à toute l'enquête de la Chaumière, et plusieurs fois Béchoux l'avait interrogé vainement. Il se contentait de hocher la tête et de marmotter quelques monosyllabes.

Il répondit aimablement :

« Très embrouillée, monsieur le juge d'instruction.

— N'est-ce pas ? Au fond, la balance est égale entre

36

les adversaires. D'une part, il y a l'alibi de M. Leboc, lequel incontestablement n'a guère pu quitter sa maison de l'après-midi. Mais, d'autre part, le récit des trois cousins me semble de bon aloi.

— De bon aloi, en effet. À droite *ou* à gauche, il y a sûrement ignominie et comédie abjecte. Mais est-ce à droite *ou* à gauche ? L'innocence est-elle chez les trois Gaudu, personnages louches, aux figures de brutes ? et le coupable serait-il le souriant M. Leboc dont le visage est tout candeur et sérénité ? Ou bien doit-on supposer que les faces de tous les acteurs du drame sont conformes aux rôles qu'ils y ont joués, M. Leboc étant innocent et les Gaudu coupables ?

— Somme toute, dit M. Formerie avec satisfaction, vous n'êtes pas plus avancé que nous.

— Oh ! si, beaucoup plus », affirma Jim Barnett.

M. Formerie pinça les lèvres.

« En ce cas, dit-il, faites-nous part de vos découvertes.

— Je n'y manquerai pas au moment voulu. Aujourd'hui, je vous demanderai seulement, monsieur le juge d'instruction, de convoquer un nouveau témoin.

— Un nouveau témoin ?

— Oui.

— Son nom ? son adresse ? prononça M. Formerie, tout à fait dérouté.

— Je ne le connais pas.

— Hein ? que dites-vous ? »

M. Formerie commençait à se demander si « l'extraordinaire » détective ne se payait pas sa tête. Béchoux était fort inquiet.

À la fin Jim Barnett se pencha vers M. Formerie, et montrant du doigt le sieur Leboc qui, dix pas plus loin, fumait toujours consciencieusement à son balcon, il murmura en confidence :

« Dans la poche secrète du portefeuille de M. Leboc, il y a une carte de visite que percent quatre petits trous disposés en losange. Elle nous donnera ledit nom et ladite adresse. »

Cette communication saugrenue n'était point pour rendre son aplomb à M. Formerie, mais l'inspecteur

Béchoux n'hésita pas. Sans invoquer le moindre prétexte, il se fit remettre le portefeuille de M. Leboc, l'ouvrit et en tira une carte de visite percée de quatre trous en losange, et qui présentait ce nom : Miss Élisabeth LOVENDALE, avec cette adresse au crayon bleu : Grand Hôtel Vendôme, Paris.

Les deux magistrats se regardèrent avec surprise. Béchoux rayonnait, cependant que M. Leboc s'écriait, sans le moindre embarras :

«Bon Dieu ! l'ai-je cherchée, cette carte ! Et mon pauvre ami Vaucherel, donc !

— Pour quelle raison la cherchait-il ?

— Oh ! ça, vous m'en demandez trop, monsieur le juge. Sans doute avait-il besoin de l'adresse ci-dessus.

— Mais ces quatre trous ?

— Quatre trous au poinçon que j'y ai faits pour marquer les quatre points d'un écarté gagné par moi. Nous jouions souvent à l'écarté, tous les deux, et j'ai dû, par inadvertance, mettre cette carte de visite dans mon portefeuille. »

L'explication, fort plausible, fut donnée tout naturellement. M. Formerie l'accueillit avec faveur. Mais il restait à savoir comment Jim Barnett avait pu deviner la présence de cette carte de visite dans la poche secrète d'un homme qu'il n'avait jamais vu.

Cela, il ne le dit point. Il souriait aimablement, et réclamait avec insistance la convocation d'Élisabeth Lovendale. On la lui accorda.

Miss Lovendale était absente de Paris et ne vint que huit jours plus tard. L'instruction ne fit pas de progrès au cours de cette semaine, bien que M. Formerie poursuivît ses investigations avec un acharnement que surexcitait le souvenir désagréable de Jim Barnett.

«Vous l'avez horripilé, dit l'inspecteur Béchoux à Barnett, l'après-midi du jour où l'on se réunit à la Chaumière. C'est au point qu'il avait résolu de refuser votre collaboration.

— Dois-je m'en aller ?

— Non. Il y a du nouveau.

— Dans quel sens ?

— Je crois qu'il a pris position.

— Tant mieux. C'est sûrement la mauvaise position. On va rigoler.

— Je vous en prie, Barnett, de la déférence.

— De la déférence et du désintéressement. Je vous le promets, Béchoux. L'Agence est gratuite. Rien dans les mains, rien dans les poches. Mais je vous assure que votre Formerie me porte sur les nerfs. »

Le sieur Leboc attendait déjà depuis une demi-heure. Miss Lovendale descendit d'automobile. Puis M. Formerie arriva, tout guilleret, et s'écria aussitôt :

« Bonjour, monsieur Barnett. Nous apportez-vous de bonnes nouvelles ?

— Peut-être, monsieur le juge d'instruction.

— Eh bien, moi aussi... moi aussi ! Mais nous allons d'abord expédier votre témoin, et rapidement. Aucun intérêt, votre témoin. Du temps perdu. Enfin ! »

Élisabeth Lovendale était une vieille Anglaise, aux cheveux gris ébouriffés, aux allures excentriques, vêtue sans recherche, qui parlait français comme une Française, mais avec une telle volubilité qu'on avait peine à comprendre.

Dès son entrée, et avant toute question, elle partit à grande allure.

« Ce pauvre M. Vaucherel ! Assassiné ! Un si brave monsieur, et si curieux homme ! Alors vous désirez savoir si je l'ai connu ? Pas beaucoup. Une fois seulement je suis venue ici pour une affaire. Je voulais lui acheter quelque chose. L'accord ne s'est pas fait sur le prix. Je devais le revoir, après avoir consulté mes frères. Ce sont des gens connus, mes frères... Les plus gros... comment dites-vous ?... les plus gros épiciers de Londres... »

M. Formerie essaya de canaliser ce flot de paroles.

« Quelle chose désiriez-vous acheter, mademoiselle ?

— Un petit bout de papier... tout petit... du papier qui pourrait s'appeler aujourd'hui de la pelure d'oignon.

— Et qui a de la valeur ?

— Beaucoup pour moi. Et j'ai eu tort de le lui dire : "Vous saurez, cher monsieur Vaucherel, que la mère de ma grand-mère, la jolie Dorothée, a eu comme soupirant le roi George IV lui-même, et qu'elle gardait les dix-huit lettres d'amour reçues de lui, dans les dix-huit tomes reliés en veau d'une édition de Richardson... une par volume. Or, à sa mort, notre famille a trouvé les volumes, sauf le quatorzième qui avait disparu avec la lettre numéro quatorze... la plus intéressante parce qu'elle prouve — on le savait — que la très jolie Dorothée a manqué à ses devoirs neuf mois avant la naissance de son fils aîné. Alors, vous comprenez, mon bon monsieur Vaucherel, comme nous serions heureux de retrouver cette lettre ! Les Lovendale, descendants du roi George ! Cousins du roi d'aujourd'hui ! Une telle chose nous vaudrait de la gloire, des titres !" »

Élisabeth Lovendale respira et, continuant le récit de sa démarche auprès du bonhomme Vaucherel, reprit :

« — Et puis, mon bon monsieur Vaucherel, voilà qu'après trente ans de recherches et d'annonces, j'ai su que l'on avait vendu dans une vente publique un lot de volumes, dont le quatorzième tome de Richardson. Je cours chez l'acheteur, un bouquiniste du quai Voltaire, lequel me renvoie chez vous, à qui le livre appartient depuis hier.

« — En effet, me dit ce bon M. Vaucherel, qui me montra le tome XIV de Richardson.

« — Regardez, lui dis-je, la lettre numéro quatorze doit être dans le dos du volume, sous la reliure.

« Il regarde, devient tout pâle, et me dit :

« — Combien l'achetez-vous ?

« C'est là que j'ai vu ma bêtise. Si je n'avais pas parlé de la lettre, j'aurais eu le volume pour cinquante francs. J'en ai offert mille. Le bon M. Vaucherel se mit à trembler et demanda dix mille francs. J'acceptai. Il perdit la tête. Moi aussi. C'était, vous savez, comme aux enchères publiques. Vingt mille... Trente mille... À la fin, il exigeait cinquante mille, et il criait comme un fou, les yeux tout rouges :

« — Cinquante mille !... Pas un sou de moins ! De

quoi acheter tous les livres que je voudrai !… les plus beaux !… Cinquante mille francs !

« Il voulait tout de suite un acompte, un chèque. Je lui promis de revenir. Il jeta le livre dans le tiroir de cette table, ferma à clef, et me laissa partir. »

Élisabeth Lovendale compléta son histoire par une suite de détails inutiles, que l'on n'écouta point d'ailleurs. Depuis un moment, quelque chose retenait davantage l'attention de Jim Barnett et de l'inspecteur Béchoux, c'était le visage crispé de M. Formerie. À n'en point douter, une émotion violente l'avait envahi, et il souffrait d'une sorte de joie excessive qui le bouleversait. À la fin, il chuchota, la voix sourde et l'expression emphatique :

« Somme toute, mademoiselle, vous réclamez le tome XIV des œuvres de Richardson ?

— Oui, monsieur.

— Le voici, dit-il en tirant de sa poche avec un geste théâtral un petit livre relié en veau.

— Est-ce possible ! s'écria l'Anglaise enthousiasmée.

— Le voici, répéta-t-il. La lettre d'amour du roi George ne s'y trouve pas. Je l'y aurais vue. Mais je saurai bien la découvrir puisque j'ai su découvrir le volume que l'on cherche depuis cent ans, et puisque le voleur de l'un est fatalement le voleur de l'autre. »

M. Formerie se promena un instant, les mains au dos, en savourant son triomphe.

Et soudain il tapota la table à petits coups et conclut :

« Nous connaissons enfin la cause de l'assassinat. Un homme aux écoutes entendit la conversation de Vaucherel et de Miss Lovendale et nota l'endroit où Vaucherel enfermait le livre. Quelques jours plus tard, cet homme tuait pour voler et pour vendre plus tard la lettre numéro quatorze. Quel était cet homme ? Gaudu, le valet de ferme, en qui je n'ai cessé de voir le coupable. Hier, au cours d'une perquisition, j'ai remarqué une fente anormale entre les briques disjointes de sa cheminée. J'ai fait élargir le trou. Un livre était là, un livre qui, évidemment, provenait de la bibliothèque Vaucherel. Les révélations inattendues de Miss

Lovendale prouvent la justesse de ma déduction. Je vais mettre sous mandat les trois cousins Gaudu, chenapans fieffés, assassins du bonhomme Vaucherel, et criminels accusateurs de M. Leboc. »

Toujours solennel, M. Formerie tendit la main en signe d'estime à M. Leboc, qui le remercia avec effusion. Puis, comme un galant homme, il conduisit Élisabeth Lovendale jusqu'à son auto, revint vers les autres, et s'écria en se frottant les mains :

« Allons, je crois que l'affaire fera du bruit, et que les oreilles de M. Formerie tinteront agréablement. Que voulez-vous ? M. Formerie est un ambitieux et la capitale l'attire. »

On se mit en marche vers la maison des Gaudu où il avait donné l'ordre que fussent amenés, sous bonne escorte, les trois cousins. Le temps était beau. Suivi de M. Leboc, encadré par l'inspecteur Béchoux et par Jim Barnett, M. Formerie laissait déborder son contentement et, d'un ton gouailleur :

« Hein, mon cher Barnett, ce fut rondement mené ? et plutôt dans un sens contraire à vos prévisions ! Car enfin vous étiez hostile à M. Leboc ?

— J'avoue, en effet, monsieur le juge d'instruction, confessa Barnett, que je me suis laissé influencer par cette satanée carte de visite. Figurez-vous qu'elle se trouvait sur le plancher de la Chaumière, lors de la confrontation, que le sieur Leboc s'en était rapproché, et que, tout doucement, il avait mis le pied droit dessus. En s'en allant, il l'emportait ainsi, collée à sa chaussure, l'en détachait dehors, et la glissait dans son portefeuille. Or, l'empreinte de sa semelle droite dans la terre mouillée me fit voir que ladite semelle portait quatre pointes disposées en losange et, par conséquent, que le sieur Leboc, sachant qu'il avait oublié cette carte sur le plancher, et ne voulant pas que l'on connût le nom et l'adresse d'Élisabeth Lovendale, avait combiné son petit manège. Et, de fait, c'est grâce à cette carte de visite… »

M. Formerie éclata de rire.

« Mais c'est de l'enfantillage, mon cher Barnett ! En voilà des complications inutiles ! Comment peut-on

42

s'égarer ainsi? Un de mes principes, voyez-vous, Barnett, c'est qu'il ne faut pas chercher midi à quatorze heures. Contentons-nous des faits, tels qu'ils s'offrent à nous, sans essayer de les adapter, coûte que coûte, à des idées préconçues.»

On approchait de la maison de M. Leboc, le long de laquelle il fallait passer pour se rendre chez les Gaudu. M. Formerie prit le bras de Barnett et continua cordialement son petit cours de psychologie policière.

«Votre grand tort, Barnett, fut de n'avoir pas voulu admettre, comme intangible, cette vérité, si simple pourtant, qu'on ne peut pas être à deux endroits à la fois. Tout est là. M. Leboc, fumant à sa fenêtre, ne pouvait en même temps assassiner à la Chaumière. Tenez, M. Leboc est derrière nous, n'est-ce pas, et voici la grille de sa maison à dix pas, devant nous? Eh bien, il est impossible d'imaginer un miracle par lequel M. Leboc serait à la fois derrière nous et à sa fenêtre.»

M. Formerie, juge d'instruction, sauta sur place et poussa une exclamation de stupeur.

«Qu'y a-t-il?» lui demanda Béchoux.

Il tendit le doigt vers la maison.

«Là-bas... là-bas...»

À travers les barreaux de la grille, de l'autre côté de la pelouse, on apercevait, vingt mètres plus loin, en train de fumer sa pipe dans le décor de sa fenêtre ouverte, M. Leboc... M. Leboc qui pourtant se trouvait également près du groupe, sur le trottoir!

Vision d'horreur! Hallucination! Fantôme effrayant! Ressemblance incroyable! Qui donc jouait, là-bas, le rôle du véritable sieur Leboc que M. Formerie tenait par le bras?

Béchoux avait ouvert la grille et courait. M. Formerie s'élança aussi vers l'image diabolique du sieur Leboc, qu'il interpellait et menaçait. Mais l'image ne semblait pas s'émouvoir et ne bougeait pas. Comment se fût-elle émue et comment eût-elle bougé, puisque — ils le constatèrent de plus près — ce n'était rien qu'une image, une toile qui remplissait exactement le cadre de la fenêtre, et qui offrait en profondeur, brossée de la même façon, et par la même main évidemment que le portrait du bonhomme Vaucherel, à la Chaumière, la silhouette du sieur Leboc en train de fumer sa pipe.

M. Formerie se retourna. Près de lui, le souriant, placide, et couperosé M. Leboc n'avait pas pu soutenir l'attaque imprévue, et s'était effondré comme sous un coup de massue. Il pleurait et il avouait bêtement.

« J'avais perdu la tête... j'ai frappé sans le vouloir. Je voulais être de moitié avec lui... il m'a refusé... alors j'ai perdu la tête... j'ai frappé sans le vouloir... »

Il se tut. Et, dans le silence, la voix de Jim Barnett qui se faisait aigre, méchante et gouailleuse, retentit :

« Hein ! qu'en dites-vous, monsieur le juge d'instruction ? Un joli coco que votre protégé Leboc ! Quelle maîtrise dans la préparation de son alibi ! Et comment les passants inattentifs de chaque jour n'eussent-ils pas cru voir, de loin, le véritable Leboc ! Pour moi, je me suis douté du coup, dès le premier jour, en voyant le bonhomme Vaucherel sur sa toile. Est-ce que par hasard le même artiste n'aurait pas dessiné la silhouette de son ami Leboc ? J'ai cherché, et pas bien longtemps, tellement Leboc était sûr que nous serions trop bêtes pour découvrir son truc : la toile était roulée dans le coin d'un hangar, sous des tas d'ustensiles hors d'usage. Je n'ai eu qu'à la clouer ici, tout à l'heure, tandis qu'il se rendait à votre convocation. Et voilà comment on peut, en même temps, assassiner à la Chaumière et fumer sa pipe à domicile ! »

Jim Barnett était féroce. Sa voix pointue déchirait l'infortuné M. Formerie.

« Faut-il qu'il en ait perpétré, dans sa vie d'honnête homme ! Hein, est-ce beau, sa parade au sujet de la carte de visite, les quatre trous pour marquer les quatre points d'un écarté ! Et le livre qu'il a été déposer l'autre après-midi (je le suivais) dans la cheminée des Gaudu ! Et la lettre anonyme qu'il vous a envoyée ! Car je suppose bien que c'est cela qui vous a déclenché, monsieur le juge d'instruction ! Sacré Leboc, tu m'as fait bien rigoler avec ta face de petit vieux bien propre. Canaille, va ! »

Très pâle, M. Formerie se contenait. Il observait le sieur Leboc. À la fin, il murmura :

« Ça ne m'étonne pas... un regard faux... des manières obséquieuses. Quel bandit ! »

Une colère subite l'anima.

« Oui, un bandit ! Et je vais vous mener par un petit chemin !... Et d'abord la lettre, la lettre numéro quatorze, où est-elle ? »

Incapable de résister, le sieur Leboc balbutia :

« Au creux de la pipe qui est suspendue contre le mur de la pièce à gauche... Cette pipe n'est pas débourrée de ses cendres... la lettre y est... »

On entra vivement dans la pièce. Béchoux trouva aussitôt la pipe et secoua les cendres. Mais il n'y avait rien au creux du fourneau, aucune lettre, ce qui parut confondre le sieur Leboc et qui mit le comble à l'exaspération de M. Formerie.

« Menteur ! Imposteur ! Misérable ! Ah ! tu peux être sûr que tu parleras, gredin, et que tu la rendras, cette lettre ! »

Cependant les yeux de Béchoux et de Barnett s'étaient rencontrés. Barnett souriait. Béchoux crispa les poings. Il comprenait que l'Agence Barnett et Cie avait une façon toute spéciale d'être gratuite, et il s'expliquait comment Jim Barnett, tout en jurant à bon droit qu'il ne demandait jamais un centime à ses clients, pouvait mener une confortable existence de détective privé.

Il s'approcha de lui et murmura :

« Vous êtes d'une jolie force. C'est digne d'Arsène Lupin.

— Quoi ? fit Barnett d'un air ingénu.

— L'escamotage de la lettre.

— Ah ! vous avez deviné ?

— Parbleu !

— Que voulez-vous, je collectionne les autographes des rois d'Angleterre. »

Trois mois plus tard, à Londres, Élisabeth Lovendale reçut la visite d'un certain gentleman très distingué, qui se fit fort de lui procurer la lettre d'amour du roi George. Il réclamait la bagatelle de cent mille francs.

Les négociations furent laborieuses. Élisabeth consulta ses frères, les plus gros épiciers de Londres. Ils se débattirent, refusèrent, puis finalement cédèrent.

Le gentleman très distingué toucha donc cent mille francs, et détourna, en outre, tout un wagon d'épicerie fine dont on ne sut jamais ce qu'il était devenu...

III

LA PARTIE DE BACCARA

Au sortir de la gare, Jim Barnett trouva l'inspecteur Béchoux, qui lui prit le bras et l'emmena rapidement.

« Pas une minute à perdre. D'un instant à l'autre la situation peut empirer.

— Le malheur me semblerait beaucoup plus grand, dit Jim Barnett avec logique, si je savais de quelle situation il s'agit. Je suis venu sur votre télégramme, et sans le moindre renseignement.

— C'est ainsi que je l'ai voulu, dit l'inspecteur.

— Vous ne vous défiez donc plus de moi, Béchoux ?

— Je me défie toujours de vous, Barnett, et de vos façons de régler le compte des clients de l'Agence Barnett. Mais, en l'occurrence, rien à prélever, mon cher. Pour une fois il faut travailler à l'œil. »

Jim Barnett sifflota. Cette perspective ne semblait pas le tourmenter. Béchoux le regarda de travers, inquiet déjà, et avec l'air de dire : « Toi, mon bonhomme, si je pouvais me passer de tes services !... »

Ils arrivèrent dans la cour. Une automobile de maître attendait à l'écart, où Barnett vit une dame au beau visage dramatique, d'une pâleur impressionnante. Ses yeux étaient remplis de larmes, ses lèvres crispées par l'angoisse. Elle poussa aussitôt la portière, et Béchoux fit les présentations.

« Jim Barnett, madame, dont je vous ai parlé comme du seul homme qui puisse vous sauver. — Mme Fougeraie, femme de l'ingénieur Fougeraie, qui est sur le point d'être inculpé.

— Inculpé de quoi ?

— D'assassinat. »

Jim Barnett eut un petit claquement de langue. Béchoux fut scandalisé.

« Excusez mon ami Barnett, madame, plus une affaire est grave et plus il se sent à l'aise. »

L'auto roulait déjà vers les quais de Rouen. On tourna sur la gauche et l'on s'arrêta devant une vaste maison dont le troisième étage servait de local au Cercle Normand.

« C'est là, dit Béchoux, que les gros négociants et industriels de Rouen et des environs se réunissent pour causer, lire les journaux et jouer leur bridge ou leur poker, le vendredi surtout qui est jour de Bourse. Comme il n'y a personne avant midi que les gens de ménage, j'ai tout loisir de vous mettre au courant du drame qui s'y est passé. »

Trois grandes salles se suivaient le long de la façade, confortablement meublées et munies de tapis. La troisième communiquait avec une pièce beaucoup plus petite, en forme de rotonde, et dont l'unique fenêtre ouvrait sur un large balcon d'où l'on dominait les quais de la Seine.

Ils s'assirent, Mme Fougeraie un peu à l'écart, près d'une fenêtre, et Béchoux raconta :

« Donc, il y a quelques semaines, un vendredi, quatre membres du Cercle, qui avaient bien dîné, se mirent à jouer au poker. C'étaient quatre amis, quatre filateurs et manufacturiers de Maromme, gros centre d'usines à proximité de Rouen. Trois étaient mariés, pères de famille, décorés : Alfred Auvard, Raoul Dupin et Louis Batinet. Le quatrième, célibataire et plus jeune, s'appelait Maxime Tuillier. Vers minuit, un autre jeune homme, Paul Erstein, rentier et très riche, se joignit à eux, et tous les cinq, les salles vidées peu à peu, commencèrent une partie de baccara. Paul Erstein, qui avait la passion et l'habitude du jeu, tenait la banque. »

Béchoux montra une des tables et poursuivit :

« Ils jouaient ici, à cette table. Partie fort calme au début, qu'ils avaient entreprise par désœuvrement, sans y prêter attention, mais qui s'anima peu à peu, dès que Paul Erstein eut fait venir deux bouteilles de champagne. Et tout de suite, à compter de ce moment, la veine se dessina en faveur du banquier, une veine brutale, injuste, méchante, exaspérante. Paul Erstein retournait un neuf quand il le fallait, donnait une bûche à l'instant voulu. Les autres enrageaient, redoublaient leurs attaques. Vainement. Inutile, n'est-ce pas, de s'appesantir davantage. Le résultat de ces extravagances, où chacun s'entêtait contre tout bon sens, le voici. À quatre heures, les industriels de Maromme avaient perdu tout l'argent qu'ils rapportaient de Rouen pour régler les salaires de leurs ouvriers. Maxime Tuillier devait en outre à Paul Erstein, sur parole, quatre-vingt mille francs. »

L'inspecteur Béchoux respira un moment, puis reprit :

« Et soudain, coup de théâtre. Un coup de théâtre, il faut l'avouer, que Paul Erstein facilita par sa complaisance extrême et son désintéressement. Il divisa la somme totale de ses gains en quatre portions qui correspondaient exactement aux pertes annoncées, divisa ensuite ces quatre paquets par tiers, et proposa à ses adversaires les trois parties finales. C'était donc, individuellement, quitte ou double sur chacune des trois liasses. Ils acceptèrent. Paul Erstein perdit les trois fois. La veine avait tourné. Après toute une nuit de lutte, il n'y avait plus ni gagnant ni perdant.

« — Tant mieux, dit Paul Erstein, qui se leva. J'avais un peu honte. Mais, fichtre, quelle migraine ! Personne ne vient fumer une cigarette sur le balcon ?

« Il passa dans la rotonde. Quelques minutes s'écoulèrent durant lesquelles les quatre amis demeurèrent autour de la table à deviser gaiement des péripéties du combat terminé. Puis ils se résolurent au départ. Ayant traversé la seconde salle et la première, ils prévinrent le domestique de garde qui somnolait dans l'antichambre.

« — M. Erstein est encore là, Joseph. Mais il ne saurait tarder à s'en aller.

« Puis ils sortirent exactement à quatre heures trente-cinq. L'auto de l'un d'eux, Alfred Auvard, les ramena, comme chaque vendredi soir, à Maromme. De son côté, le domestique Joseph attendit une heure. Après quoi, las de sa faction nocturne, il se mit en quête de Paul Erstein, et le trouva gisant dans la rotonde, tordu sur lui-même, inerte : il était mort. »

L'inspecteur Béchoux fit une seconde pause. Mme Fougeraie avait baissé la tête. Jim Barnett se rendit avec l'inspecteur dans la rotonde isolée, l'examina et prononça :

« Droit au but maintenant, Béchoux. L'enquête a révélé ?…

— A révélé, répondit Béchoux, que Paul Erstein avait été frappé à la tempe avec un instrument contondant qui avait dû l'abattre d'un seul coup. Ici, aucune trace de lutte, sauf la montre de Paul Erstein brisée à quatre heures cinquante-cinq, c'est-à-dire vingt minutes après le départ des joueurs. Aucune trace de vol : bague et billets de banque, rien n'avait disparu. Enfin, aucune trace de l'agresseur, qui n'avait pu ni entrer ni sortir par l'antichambre, puisque Joseph n'avait pas quitté son poste.

— Alors, dit Barnett, pas la moindre piste ?

— Si. »

Béchoux hésita et déclara :

« Si, une piste et même fort sérieuse. L'après-midi, un de mes collègues de Rouen fit remarquer au juge que le balcon de cette pièce se trouvait à très peu de distance d'un balcon situé au troisième étage de l'immeuble voisin. Le Parquet se transporta dans cet immeuble, dont le troisième étage est habité par l'ingénieur Fougeraie. Il était absent depuis le matin. Mme Fougeraie conduisit les magistrats dans la chambre de son mari. Le balcon de cette chambre est contigu à celui de la rotonde. Regardez, Barnett. »

Barnett s'approcha et dit :

«Un mètre vingt environ. Facile à franchir. Mais rien ne prouve qu'on l'ait franchi.

— Si, affirma Béchoux. Vous voyez, le long de la rampe, des caisses de bois destinées à recevoir des fleurs, et qui ont conservé leur terre de l'été dernier? On les a fouillées. L'une d'elles, la plus proche, contenait, presque à la surface, sous une couche de terre fraîchement remuée, un coup de poing américain. Le médecin légiste a constaté que la blessure faite à la victime correspond exactement à la forme de cet instrument. On n'a relevé aucune empreinte de doigts sur le métal, car la pluie n'avait pas cessé depuis le matin. Mais la charge semble décisive. L'ingénieur Fougeraie, apercevant dans la rotonde éclairée Paul Erstein, aura franchi le balcon, puis, son crime accompli, aura caché l'arme.

— Mais pourquoi ce crime? Il connaissait Paul Erstein?

— Non.

— Alors?»

Béchoux fit un signe. Mme Fougeraie s'était avancée et elle écoutait les questions de Barnett. Son masque douloureux se contractait. Un effort visible contenait ses larmes sous ses paupières flétries par l'insomnie. D'une voix qui tremblait elle dit:

«C'est à moi de répondre, monsieur. Je le ferai en quelques mots, avec une franchise absolue, et vous comprendrez mon effroi. Non, mon mari ne connaissait pas M. Paul Erstein. Mais moi, je le connaissais. Je l'avais rencontré plusieurs fois à Paris chez une de mes meilleures amies, et, tout de suite, il m'avait fait la cour. J'éprouve pour mon mari beaucoup d'affection, et j'ai un sentiment profond de mes devoirs d'épouse. J'ai donc résisté à l'entraînement qui me portait vers Paul Erstein. Seulement j'ai accepté de le voir à diverses reprises aux environs, dans la campagne.

— Et vous lui avez écrit?…

— Oui.

— Et les lettres sont entre les mains de sa famille?

— Entre les mains de son père.

— Et son père, qui veut à tout prix le venger, vous menace de communiquer ces lettres à la justice ?

— Oui. Ces lettres prouvent la nature irréprochable de nos relations. Mais enfin elles prouvent que je le voyais en dehors de mon mari. Et l'une d'elles contient ces phrases : "Je vous en supplie, Paul, soyez raisonnable. Mon mari est extrêmement jaloux et très violent. S'il soupçonnait mes inconséquences, il serait capable de tout." Alors, n'est-ce pas, monsieur… cette lettre apporterait à l'accusation une force nouvelle ?… La jalousie, ce serait là le motif que l'on cherche et qui expliquerait le meurtre et la découverte de l'arme devant la chambre même de mon mari.

— Mais vous, madame, êtes-vous certaine que M. Fougeraie n'avait aucun soupçon ?

— Aucun.

— Et pour vous il est innocent ?

— Oh ! sans aucun doute », dit-elle dans un élan.

Barnett la regarda au plus profond de ses yeux, et il comprit que la conviction de cette femme eût impressionné Béchoux au point que, malgré les faits, malgré l'opinion du Parquet, et malgré sa discrétion professionnelle, l'inspecteur inclinât à la secourir.

Barnett posa encore quelques questions, réfléchit longuement, et conclut :

« Je ne puis vous donner aucun espoir, madame. En toute logique, votre mari est coupable. Je vais essayer cependant de donner tort à la logique.

— Voyez mon mari, supplia Mme Fougeraie. Ses explications vous permettront…

— Inutile, madame. Mon assistance n'a de raison que si, dès l'abord, je mets votre mari hors de cause, et si je dirige mes efforts dans le sens de votre conviction. »

L'entretien était terminé. Barnett engagea la lutte sans retard, et, accompagné de l'inspecteur Béchoux, se présenta chez le père de la victime, auquel il dit sans chercher de détours :

« Monsieur, Mme Fougeraie m'a chargé de ses intérêts. Vous remettez, n'est-ce pas, au Parquet les lettres écrites à votre fils ?

— Aujourd'hui, monsieur.

— Vous n'hésitez pas à compromettre, à perdre la femme qu'il aimait plus que tout ?

— Si le mari de cette femme a tué mon fils, je le regrette pour elle, mais mon fils sera vengé.

— Attendez cinq jours, monsieur. Mardi prochain, l'assassin sera démasqué. »

Ces cinq jours, Jim Barnett les employa d'une manière qui déconcerta bien souvent l'inspecteur Béchoux. Il fit et lui fit faire des démarches insolites, interrogea, mobilisa des tas d'employés subalternes et dépensa beaucoup d'argent. Cependant il ne semblait pas très satisfait et, contrairement à son habitude, se montra taciturne et d'assez méchante humeur.

Le mardi matin, il vit Mme Fougeraie et lui dit :

« Béchoux a obtenu du Parquet qu'on reconstituât tantôt les péripéties de la soirée. Votre mari est convoqué. Vous également. Je vous supplie de rester calme quoi qu'il arrive, et presque indifférente. »

Elle murmura :

« Puis-je espérer ?…

— Je n'en sais rien moi-même. Comme je vous l'ai dit, je joue la partie "sur votre conviction", c'est-à-dire sur l'innocence de M. Fougeraie. Cette innocence, je tâcherai de la prouver par la démonstration d'une hypothèse possible. Mais ce sera dur. En admettant même que j'aie mis la main sur la vérité, comme je le crois, elle peut se dérober jusqu'au dernier moment. »

Le procureur de la République et le juge d'instruction qui avaient poursuivi les enquêtes étaient des magistrats consciencieux, qui ne s'en rapportaient qu'aux faits et ne cherchaient pas à les interpréter selon des opinions préalables.

« Avec ceux-là, dit Béchoux, je ne crains pas que vous entriez en conflit et que vous fassiez de l'ironie facile, Barnett. Ils m'ont donné fort aimablement toute latitude pour agir à ma guise… ou plutôt à la vôtre, ne l'oubliez pas.

— Inspecteur Béchoux, répliqua Barnett, je ne fais d'ironie que quand je suis sûr de la victoire. Ce n'est pas le cas aujourd'hui. »

Beaucoup de monde emplissait la troisième salle. Les magistrats s'entretenaient de leur côté, au seuil même de la rotonde, où ils entrèrent et d'où ils ressortirent après un moment. Le groupe des industriels attendait. Des agents et des inspecteurs allaient et venaient. Le père de Paul Erstein se tenait debout, à l'écart, ainsi que le domestique Joseph. M. et Mme Fougeraie restaient dans un coin, lui sombre et l'expression inquiète, elle plus pâle encore que d'ordinaire : on savait que l'arrestation de l'ingénieur était décidée.

L'un des magistrats, s'adressant aux quatre joueurs, leur dit :

« L'instruction, messieurs, va procéder à la reconstitution de la soirée du vendredi. Vous voudrez donc bien reprendre vos places autour de la table afin d'esquisser la partie de baccara telle qu'elle eut lieu. Inspecteur Béchoux, vous tiendrez la banque. Vous avez demandé à ces messieurs d'apporter le même nombre de billets qu'ils avaient ce jour-là ? »

Béchoux répondit affirmativement et s'assit au milieu de la table, Alfred Auvard et Raoul Dupin à sa gauche, Louis Batinet et Maxime Tuillier à sa droite. Six jeux de cartes étaient disposés. Il fit couper et tailla.

Chose bizarre : tout de suite, comme au soir tragique, la veine favorisa la banque. Aussi aisément que le banquier Paul Erstein, le banquier Béchoux gagna. Tandis qu'il abattait huit ou neuf, les bûches alternaient sur les deux tableaux, et cela régulièrement, d'un seul élan de la chance qui s'obstinait, sans ces à-coups et ces revirements qui, malgré tout, avaient marqué la première partie.

Cette continuité, pour ainsi dire mécanique, semblait due à un sortilège, qui acquérait un sens d'autant plus déconcertant que c'était la répétition d'un fait dont les joueurs avaient déjà subi le choc. Désemparé, Maxime Tuillier se trompa deux fois. Jim Barnett s'impatienta et, d'autorité, prit sa place à la droite de Béchoux.

Au bout de dix minutes — car les événements marchaient à une vitesse que rien ne ralentissait — plus de la moitié des billets de banque, tirés de leurs portefeuilles par les quatre amis, encombraient le tapis vert devant Béchoux. Maxime Tuillier, par l'intermédiaire de Jim Barnett, commençait à perdre sur parole.

Le rythme s'accéléra. Vivement la pointe extrême de la partie fut atteinte. Et soudain Béchoux, comme l'avait fait Paul Erstein, divisa son gain en quatre liasses proportionnelles aux pertes, proposant ainsi les trois « quitte ou double » définitifs.

Ses adversaires le suivaient du regard, impressionnés évidemment par le souvenir du soir tragique.

Trois fois Béchoux servit les deux tableaux.

Et trois fois, au lieu de perdre comme Paul Erstein avait perdu, Béchoux gagna.

Il y eut, parmi les assistants, de la surprise. Pourquoi la chance, qui aurait dû tourner pour que le miracle du renouvellement se continuât jusqu'au bout, favorisait-elle encore celui qui tenait la banque ? Si l'on sortait de la réalité connue pour entrer dans une réalité différente, devait-on croire que cette autre version était la bonne ?

« Je suis confus », dit Béchoux, toujours dans son rôle de banquier, et qui se leva après avoir empoché les quatre liasses de billets.

De même que Paul Erstein, il se plaignit de migraine et souhaita qu'on l'accompagnât sur le balcon. Il s'y rendit, tout en allumant une cigarette. On le vit, de loin, par la porte de la rotonde.

Les autres demeuraient immobiles, le visage contracté. Sur la table les cartes s'éparpillaient.

Puis, à son tour, Jim Barnett se leva. Par quel phénomène avait-il réussi à donner à sa figure, à sa silhouette, l'apparence même de Maxime Tuillier, qu'il venait d'écarter du jeu et dont il tenait la place ? Maxime Tuillier était un garçon d'une trentaine d'années, serré dans sa veste, le menton glabre, un lorgnon d'or sur le nez, l'air maladif et inquiet. *Jim Barnett fut cela.* Il s'avança vers la rotonde lentement, d'un pas d'automate, avec une expression qui était tantôt dure et implacable, tantôt indécise et effarée, l'expression d'un homme qui va peut-être accomplir un acte terrible, mais peut-être aussi s'enfuir comme un lâche avant de l'avoir accompli.

Les joueurs ne le voyaient pas de face. Mais les magistrats le voyaient. Et ils oubliaient Jim Barnett, interprète dont ils subissaient la puissance, pour ne songer qu'à Maxime Tuillier, joueur décavé, qui rejoignait son adversaire victorieux. Dans quelle intention ? Son visage, qu'il cherchait à maîtriser, trahissait le désordre de son esprit. Allait-il prier, ou ordonner, ou menacer ? Quand il entra dans la rotonde, il était calme.

Il referma la porte.

La représentation du drame — drame imaginé ou reconstitué ? — était si vivante que l'on attendit en silence. Et les trois autres joueurs attendaient aussi, les yeux attachés à cette porte close, derrière laquelle se passait ce qui s'était passé au soir tragique, et derrière laquelle ce n'étaient point Barnett et Béchoux qui jouaient leurs rôles d'assassin et de victime, mais Maxime Tuillier et Paul Erstein qui se trouvaient aux prises.

Puis, après de longues minutes, l'assassin — pouvait-on l'appeler autrement ? — sortit. Titubant, le regard halluciné, il retourna vers ses amis. Il avait les quatre liasses à la main. Il en jeta une sur la table, et de force enfonça les trois autres dans les poches des trois joueurs, en leur disant :

« Paul Erstein, avec qui je viens de m'expliquer, m'a chargé de vous rendre cet argent. Il n'en veut pas. Allons-nous-en. »

À quatre pas de lui, Maxime Tuillier, le véritable Maxime Tuillier, blême et décomposé, s'appuyait au dossier d'une chaise. Jim Barnett lui dit :

« C'est bien cela, n'est-ce pas, monsieur Maxime Tuillier ? La scène a été reproduite dans ses points essentiels ? J'ai bien joué le rôle que vous avez joué l'autre soir ? N'est-ce pas, j'ai bien évoqué le crime ?... votre crime ? »

Maxime Tuillier semblait ne pas pouvoir entendre. La tête basse, les bras ballants, il avait l'air d'un mannequin que le moindre souffle va faire tomber. Il vacilla comme un homme ivre. Ses genoux fléchirent. Il s'écroula sur sa chaise.

Alors Barnett bondit sur lui et le saisit au collet.

« Vous avouez, hein ? Pas possible autrement, d'ailleurs. J'ai toutes les preuves. Ainsi, le coup de poing américain... je puis établir que vous en portiez toujours un sur vous. En outre, votre perte au jeu vous démolissait. Oui, mon enquête m'a révélé que vous étiez très bas dans vos affaires. Plus d'argent pour vos échéances de fin de mois. C'était la ruine. Alors... alors vous avez frappé, et, ne sachant quoi faire de l'arme, vous avez enjambé le balcon, et vous l'avez enfouie sous la terre. »

Il était inutile que Barnett se donnât du mal : Maxime Tuillier n'opposait aucune résistance. Écrasé sous le poids d'un crime trop lourd pour lui, et dont il portait le fardeau depuis des semaines, il balbutia, malgré lui, sans plus de conscience qu'un moribond qui délire, les mots terribles de l'aveu.

La salle s'emplissait de tumulte. Le juge d'instruction, penché au-dessus du coupable, notait la confession involontaire. Le père de Paul Erstein voulait se jeter sur l'assassin. L'ingénieur Fougeraie criait sa rage. Mais les plus acharnés peut-être étaient les amis de Maxime Tuillier. L'un d'eux surtout, le plus âgé et le plus notable, Alfred Auvard, le couvrait d'invectives.

« Tu n'es qu'un misérable ! Tu nous as fait croire que ce malheureux nous avait rendu l'argent, et cet argent, tu l'avais volé après avoir tué. »

Il lança la liasse de billets à la tête de Maxime Tuillier. Les deux autres, indignés eux aussi, piétinèrent un argent dont ils avaient horreur.

Le calme se rétablit peu à peu. On emmena dans une autre salle Maxime Tuillier, presque évanoui et gémissant. Un inspecteur ramassa les liasses de billets qu'il remit aux magistrats. Ceux-ci prièrent M. et Mme Fougeraie de se retirer, ainsi que le père de Paul Erstein. Puis ils félicitèrent Jim Barnett de sa clairvoyance.

« Tout cela, dit-il, cet écroulement de Maxime Tuillier, ce n'est que le côté banal du drame. Ce qui en constitue l'originalité, ce qui fait qu'il se présente comme un drame profondément mystérieux, alors que ce ne devrait être qu'un fait divers, provient de tout autre chose. Et, bien que ceci ne me concerne pas, si vous voulez bien me permettre... »

Alors Jim Barnett se tourna vers les trois industriels qui conversaient à voix basse, s'approcha d'eux et frappa doucement l'épaule de M. Auvard.

« Un mot, monsieur, voulez-vous ? Je crois que vous pourriez apporter quelques clartés sur une affaire encore très obscure.

— À propos de quoi ? répondit Alfred Auvard.

— À propos du rôle que vous y avez joué, vous et vos amis, monsieur.

— Mais nous n'y jouons aucun rôle.

— Un rôle actif, non, bien entendu. Cependant, il y a certaines contradictions troublantes et qu'il me suffira de vous signaler. Ainsi vous avez déclaré, dès le lendemain matin, que la partie de baccara aboutit à trois coups *en votre faveur*, ce qui annula vos pertes et détermina votre paisible départ. Or, cette déclaration se trouve contredite par les faits. »

M. Auvard hocha la tête et répliqua :

« Il y a là, en effet, un malentendu. La vérité, c'est que les trois derniers coups ne firent qu'ajouter à nos pertes. Paul Erstein s'étant levé, Maxime, qui semblait tout à fait maître de lui, le suivit dans la rotonde pour fumer une cigarette, tandis que tous les trois nous restions à causer. Quand il revint, sept ou huit minutes après peut-être, il nous dit que Paul Erstein n'avait jamais envisagé cette partie comme sérieuse, que c'était un simulacre de partie, engagée dans les fumées du champagne, et qu'il tenait à nous rendre l'argent, mais à la condition qu'on ne le sût point. La fin de la partie serait considérée, au cas où on en parlerait, comme l'exacte compensation des pertes subies.

— Et vous avez accepté une pareille offre ! un cadeau que rien ne motivait ! s'écria Barnett. Et, l'acceptant, vous n'avez pas été remercier Paul Erstein !

57

Et vous avez trouvé naturel que Paul Erstein, qui était un joueur endurci, habitué aux gains comme aux pertes, ne profitât point de sa veine! Que d'invraisemblances!

— Il était quatre heures du matin. Nous avions le cerveau surchauffé. Maxime Tuillier ne nous laissa pas le temps de réfléchir. Pourquoi, d'ailleurs, ne l'aurions-nous pas cru, puisque nous ignorions qu'il avait tué et volé?

— Mais, le lendemain, vous saviez que Paul Erstein avait été tué.

— Oui, mais tué sans doute après notre départ, ce qui ne changeait rien au désir exprimé par lui.

— Et pas un instant vous n'avez soupçonné Maxime Tuillier?

— De quel droit? C'est un des nôtres. Son père était mon ami, et je le connais depuis son enfance. Non, nous n'avons rien soupçonné.

— En êtes-vous bien sûr?»

Jim Barnett avait jeté ces mots d'une voix ironique. Alfred Auvard hésita quelques secondes et riposta avec hauteur:

«Vos questions, monsieur, m'ont tout l'air d'un interrogatoire. À quel titre sommes-nous donc ici?

— Au point de vue de l'instruction, à titre de témoins. Mais, selon moi...

— Selon vous?

— Je vais vous l'expliquer, monsieur.»

Et d'un ton posé Barnett énonça:

«Toute cette affaire, en réalité, est dominée par le facteur psychologique de la confiance que vous inspiriez. Matériellement, le crime ne pouvait être commis que de l'extérieur ou de l'intérieur. Or, tout de suite, l'enquête s'est tournée vers l'extérieur, pour cette raison que, *a priori*, on ne soupçonne pas le bloc d'honorabilité et de probité que forment quatre industriels riches, décorés, de réputation intacte. Si l'un de vous, si Maxime Tuillier avait été seul à jouer une partie d'écarté avec Paul Erstein, on l'eût indubitablement suspecté. Mais vous étiez quatre joueurs, et Maxime fut momentanément sauvé par le silence de ses trois amis. On n'imagina point que trois hommes de votre importance pussent être complices. Pourtant c'est ce qui fut, et c'est ce que j'ai pressenti tout de suite. »

Alfred Auvard tressauta.

« Mais vous êtes fou, monsieur ! Complices du crime ?

— Oh ! cela, non. Vous ignoriez évidemment ce qu'il allait faire dans la rotonde lorsqu'il y suivit Paul Erstein. Mais vous saviez qu'il y allait avec un état d'esprit particulier. Et lorsqu'il en est revenu, vous saviez qu'il s'y était passé quelque chose.

— Nous ne savions rien !

— Si, quelque chose de brutal. Pas un crime peut-être, mais pas une conversation non plus. Quelque chose de brutal, je le répète, qui permit à Maxime Tuillier de vous rapporter l'argent.

— Allons donc !

— Si ! si ! si ! Un lâche comme votre ami ne tue pas sans que sa physionomie garde une expression d'effarement et de démence. Et cette expression, il est impossible que vous ne l'ayez pas remarquée, quand il est revenu du crime.

— J'affirme que nous n'avons rien vu !

— Vous n'avez pas voulu voir.

— Et pourquoi ?

— Parce qu'il vous remboursait les sommes perdues. Oui, je sais, vous êtes riches, tous les trois. Mais cette partie de baccara vous avait déséquilibrés. Comme tous les joueurs d'occasion, vous aviez l'impression d'avoir été dépouillés de votre argent, et quand cet argent vous fut rendu, vous l'avez accepté sans vouloir connaître la façon dont votre ami l'avait conquis. Vous vous êtes accrochés désespérément au silence. La nuit, dans l'auto qui vous ramena vers Maromme, et malgré l'intérêt qu'il y aurait eu pour vous à vous concerter et à donner de cette soirée une version moins dangereuse, aucun de vous ne prononça une parole, pas une parole, je le sais par votre chauffeur. Et le lendemain, et les jours suivants, après que le crime eut été constaté, vous vous êtes évités les uns les autres, tellement vous aviez peur d'apprendre vos pensées réciproques.

— Suppositions !

— Certitudes ! que j'ai acquises par une enquête minutieuse dans votre entourage. Accuser votre ami, c'était dénoncer votre défaillance initiale, c'était attirer l'attention sur vous et sur vos familles, et jeter une ombre sur votre long passé d'honneur et d'honnêteté. C'était le scandale. Et vous avez gardé le silence, trompant ainsi la justice et garantissant contre elle votre ami Maxime. »

L'accusation fut lancée avec une telle véhémence, et le drame, ainsi expliqué, prenait un tel relief que M. Auvard eut un moment d'hésitation. Mais, par un revirement imprévu, Jim Barnett ne poussa pas plus loin son avantage. Il se mit à rire et dit :

« Tranquillisez-vous, monsieur. J'ai réussi à démolir votre ami Maxime, parce qu'il est un faible, bourrelé de remords, parce que j'ai truqué la partie de tout à l'heure en préparant les cartes de manière à favoriser la banque, et enfin parce que la représentation de son crime l'avait bouleversé. Mais je n'avais pas plus de preuves contre lui que je n'en ai contre vous, et vous n'êtes pas, vous, des gens à vous laisser abattre. D'autant plus que votre complicité, je le répète, est vague, inconsistante, et qu'elle se passe dans une région où le regard a quelque peine à pénétrer. Donc, vous n'avez rien à craindre. Seulement… »

Il s'approcha davantage de son interlocuteur, et face à face :

« Seulement, j'ai voulu vous interdire une paix trop commode. À force de silence et d'adresse, vous êtes arrivés tous les trois à vous envelopper de ténèbres et à perdre de vue, vous-mêmes, cette complicité plus ou moins volontaire. Cela, je m'y oppose. Il ne faut pas qu'au fond de votre conscience vous oubliiez jamais que vous avez participé au mal dans une certaine mesure, que, si vous aviez empêché votre ami de suivre Paul Erstein dans la rotonde, comme vous auriez dû le faire, Paul Erstein ne serait pas mort, et que si vous aviez dit ce que vous saviez, Maxime Tuillier n'aurait pas été sur le point de se soustraire au châtiment qu'il mérite. Sur ce, débrouillez-vous avec la justice, monsieur. J'ai idée d'ailleurs qu'elle vous sera très indulgente. Bonsoir. »

Jim Barnett prit son chapeau et, tout en dédaignant les protestations de ses adversaires, dit au juge d'instruction :

« J'avais promis à Mme Fougeraie de secourir son mari et au père de Paul Erstein de démasquer le coupable. C'est fait. Ma tâche est terminée. »

Les poignées de main des magistrats manquèrent de chaleur. Il est probable que le réquisitoire de Barnett ne les satisfaisait qu'à demi et qu'ils n'étaient guère disposés à le suivre dans cette voie.

Rejoint sur le palier par l'inspecteur Béchoux, Barnett lui dit :

« Mes trois bonshommes sont inattaquables. Jamais on ne se permettra d'y toucher. Fichtre ! de grands bourgeois, farcis de réputation et d'argent, soutiens de la société, et qui n'ont contre eux que la subtilité de mes déductions... En vérité, je ne crois pas que la justice ose "marcher". N'importe ! j'ai bien mené l'affaire.

— Et honnêtement, approuva Béchoux.

— Honnêtement ?

— Dame ! il vous eût été facile de cueillir tous les billets de banque au passage. Je l'ai craint une minute.

— Pour qui me prenez-vous, inspecteur Béchoux ? » fit Barnett dignement.

Il quitta Béchoux, sortit de la maison, et monta dans l'immeuble voisin où le ménage Fougeraie le remercia avec effusion. Toujours aussi digne, il refusa toute récompense et opposa le même désintéressement lors d'une visite qu'il fit au père de Paul Erstein.

« L'Agence Barnett est gratuite, disait-il. C'est sa force et sa noblesse. Nous travaillons pour la gloire. »

Jim Barnett régla sa note à l'hôtel et donna l'ordre que sa valise fût portée à la gare. Puis, comme il supposait que Béchoux retournerait à Paris avec lui, il passa par les quais et entra dans l'immeuble du Cercle. Au premier étage, il s'arrêta : l'inspecteur descendait.

Il descendait vivement et, lorsqu'il aperçut Barnett, il s'écria d'un ton furieux :

« Ah ! vous voilà, vous ! »

Il sauta quelques marches d'un coup et l'empoigna au revers de son veston :

« Qu'est-ce que vous avez fait des billets ?

— Quels billets ? riposta Barnett avec innocence.

— Ceux que vous avez tenus entre les mains dans la rotonde, quand vous avez joué le rôle de Maxime Tuillier.

— Comment ! Mais j'ai rendu les quatre liasses ! Vous m'avez même félicité tout à l'heure, mon cher ami.

— Je ne savais pas ce que je sais, s'écria Béchoux.

— Et qu'est-ce que vous savez ?

— Les billets que vous avez rendus sont faux. »

Et la colère de Béchoux se déchaînant, il s'exclama :

« Vous n'êtes qu'un filou ! Ah ! vous croyez qu'on en restera là ! Vous allez rendre les véritables billets, et tout de suite ! Les autres sont des imitations, et vous le savez bien, filou ! »

Sa voix s'étranglait. Il secouait de toute sa rage exaspérée Jim Barnett qui éclatait de rire et qui bredouillait :

« Ah ! les bandits... Ça ne m'étonne pas d'eux... Alors, les billets qu'ils ont jetés à la tête de Maxime étaient des imitations ? Quelles canailles ! On les fait venir avec leurs liasses et ils apportent de faux papiers !

— Mais tu ne comprends donc pas, proféra Béchoux hors de lui, que cet argent appartient aux héritiers de la victime ! Paul Erstein l'avait gagné, cet argent, et il faut que les autres le rendent ! »

La gaieté de Barnett ne connut plus de bornes.

« Ah, ça ! c'est le scandale ! Les voilà volés à leur tour ! et deux fois ! Quelle punition pour des voleurs !

— Tu mens ! tu mens ! grinça Béchoux. C'est toi qui as fait l'échange... C'est toi qui as empoché... Gredin... Escroc ! »

Lorsque les magistrats sortirent du Cercle, ils avisèrent l'inspecteur Béchoux qui gesticulait, sans voix, dans un état de surexcitation incroyable, et, en face de lui, appuyé au mur, Jim Barnett qui se tenait les côtes, les larmes aux yeux, et qui riait!... et qui riait!...

IV

L'HOMME AUX DENTS D'OR

Jim Barnett, ayant soulevé le rideau de la vitrine qui fermait sur la rue le bureau de l'Agence, partit d'un éclat de rire sonore et dut s'asseoir tellement cet accès d'hilarité lui coupait les jambes.

«Oh! ça, c'est drôle! Si jamais je m'étais attendu à celle-là... Béchoux qui vient me voir! Dieu! que c'est drôle!

— Qu'est-ce qui est drôle?» demanda l'inspecteur Béchoux dès son arrivée.

Il contemplait cet homme qui riait en poussant de petites exclamations haletantes, et il répétait piteusement:

«Qu'est-ce qui est drôle?

— Ta visite, parbleu! Quoi! après l'histoire du Cercle de Rouen, tu as le courage de rappliquer ici. Sacré Béchoux!»

Béchoux avait un air si penaud que Barnett aurait bien voulu se dominer. Mais il ne pouvait pas et il continuait avec des quintes de gaieté qui l'étranglaient:

«Excuse-moi, mon vieux Béchoux... c'est si rigolo! Alors, voilà que toi, représentant diplômé de la justice, voilà que tu m'apportes encore un oiseau à plumer! Un millionnaire peut-être? Un ministre? Comme tu es gentil! Aussi, tu vois, je fais comme toi, l'autre jour, je te tutoie. N'est-on pas des copains tous les deux? Allons, ne prends pas cette mine de chat mouillé... Raconte ta petite histoire. De quoi s'agit-il? Quelqu'un qui demande du secours?»

Béchoux s'efforça de retrouver son aplomb et articula:

«Oui, un brave curé des environs de Paris.

« — Qu'est-ce qu'il a tué, ton brave curé ? Une de ses ouailles ?

— Non, au contraire.

— Hein ? C'est une de ses ouailles qui l'a tué ? En quoi puis-je le secourir ?

— Mais non… mais non… seulement…

— Bigre ! tu n'as pas l'éloquence facile aujourd'hui, Béchoux ! Soit. Ne parlons pas et conduis-moi vers ton brave curé des environs. Ma valise est toujours prête quand il s'agit de te suivre. »

Le petit village de Vaneuil s'éparpille au creux et sur les pentes de trois collines qui forment à sa vieille église romane un cadre de verdure. Du chevet de cette église part un joli cimetière de campagne que bornent à droite la haie d'une grande ferme où se dresse un manoir, et, à gauche, le mur du presbytère.

C'est là, dans la salle à manger de ce presbytère, que Béchoux mena Jim Barnett, et qu'il le présenta, comme un détective pour qui le mot impossible n'existait pas, à l'abbé Dessole. C'était en effet un brave homme de curé, d'apparence et en réalité, gras à souhait, onctueux et rose, d'âge moyen, et dont le visage, évidemment placide à l'ordinaire, exprimait des soucis pour lesquels il n'était pas fait. Barnett remarqua ses mains boursouflées, le collier de chair de son poignet et son ventre rebondi qui tendait le cachemire d'une pauvre soutane luisante.

« Monsieur le curé, dit Barnett, je ne sais rien de l'affaire qui vous préoccupe. Mon ami, l'inspecteur Béchoux, m'a dit simplement qu'il avait eu l'occasion de vous connaître jadis. Voulez-vous maintenant me donner quelques explications, sans vous perdre dans des détails inutiles ? »

L'abbé Dessole avait dû préparer son récit, car, sur-le-champ et sans hésitation, tirant du fond de son double menton une voix de basse chantante, il commença :

« Sachez, monsieur Barnett, que les humbles desservants de cette paroisse sont en même temps gardiens d'un trésor religieux qui, au XVIIIe siècle, fut légué à notre église par les seigneurs du château de Vaneuil. Deux ostensoirs d'or, deux crucifix, des flambeaux, un tabernacle, il y a là — hélas! dois-je dire : il y avait là ? — neuf pièces de valeur, que l'on venait admirer de vingt lieues à la ronde. Pour ma part… »

L'abbé Dessole s'essuya le front où perlait une sueur légère, et il reprit :

« Pour ma part, je dois dire que cette garde me sembla toujours pleine de dangers, et que je l'exerçais avec une attention où il y avait autant de conscience que de peur. Vous pouvez voir d'ici, par cette fenêtre, le chevet de l'église et la sacristie aux murs épais où se trouvaient les objets sacrés. Dans cette sacristie, une porte unique, en chêne massif, ouvre sur le pourtour du chœur. Moi seul en ai l'énorme clef. Moi seul possède la clef du coffre réservé au trésor. Moi seul accompagne les visiteurs. Et, chaque nuit, comme la fenêtre de ma chambre n'est pas à quinze mètres de la lucarne grillée qui éclaire la sacristie par en haut, j'installe, à l'insu de tous, une corde destinée à me réveiller, par un tintement de sonnette, à la moindre tentative d'effraction. En outre, j'ai la précaution de monter chaque soir dans ma chambre la pièce la plus précieuse, un reliquaire enrichi de pierreries. Or, cette nuit… »

Une seconde fois, l'abbé Dessole promena son mouchoir sur son front. Les gouttes de sueur croissaient en nombre et en importance, à mesure que se déroulait la tragique aventure. Il reprit :

« Or, cette nuit, vers une heure, ce n'est pas un tintement de sonnette qui me jeta hors de mon lit, mal éveillé et titubant au milieu des ténèbres, mais le bruit de quelque chose qui serait tombé sur le parquet. Je pensai au reliquaire. Ne l'avait-on pas volé ? Je criai :

« — Qui est là ?…

« On ne répondit pas, mais j'étais sûr qu'il y avait quelqu'un devant moi ou près de moi, et sûr aussi qu'on avait enjambé la fenêtre, car je sentais la fraîcheur du dehors. À tâtons, je saisis ma lanterne électrique que j'allumai tout en levant le bras. Alors, je vis, en l'espace d'une seconde, une figure grimaçante sous un chapeau gris à bords rabattus, et au-dessus d'un col marron relevé. Et dans la bouche, que la grimace entrouvrait, je discernai nettement, à gauche, deux dents d'or. Tout de suite, d'un coup sec sur mon bras, l'homme me fit lâcher ma lanterne... Je fonçai dans sa direction. Mais où était-il? N'avais-je pas viré sur moi-même? En tout cas, je me heurtai au marbre de la cheminée, à l'opposé même de la fenêtre. Quand j'eus réussi à trouver des allumettes, ma chambre était vide. Sur le rebord du balcon, s'appuyait une échelle, que l'on avait prise sous mon hangar. Le reliquaire n'était plus dans sa cachette. En toute hâte, je m'habillai et courus vers la sacristie. Le trésor avait disparu. »

Pour la troisième fois, l'abbé Dessole s'épongea le visage. Il ruisselait. Les gouttes coulaient en cascade.

« Et bien entendu, dit Barnett, la lucarne était fracturée, et la ficelle d'alarme coupée? Ce qui prouve, n'est-ce pas, que le coup a été exécuté par quelqu'un qui connaît les lieux et vos habitudes. Sur quoi, monsieur le curé, vous vous êtes mis en chasse?

— J'eus même le tort de crier au voleur, ce que je regrettai, car mes supérieurs n'aiment pas le scandale et me blâment de tout le bruit qui va se faire autour de l'aventure. Heureusement que mon voisin seul entendit mon appel. Le baron de Gravières, qui exploite lui-même depuis vingt ans la ferme de l'autre côté du cimetière, fut de mon avis: avant de prévenir la gendarmerie et de porter plainte, il fallait essayer de rentrer en possession des objets volés. Comme il a une auto, je le priai d'aller chercher à Paris l'inspecteur Béchoux.

— Et j'étais ici à huit heures du matin, dit Béchoux, qui se gonfla d'importance. À onze heures, c'était réglé.

— Hein? que dis-tu? s'exclama Barnett. Tu tiens le coupable? »

Béchoux tendit l'index vers le plafond, d'un geste pompeux.

« Là-haut, enfermé dans le grenier, sous la garde du baron de Gravières.

— Fichtre ! Quel coup de maître ! Raconte, Béchoux, et brièvement, hein ?

— Un simple procès-verbal, dit l'inspecteur, avide de compliments, et qui pour un peu eût parlé petit-nègre : 1° Traces nombreuses de pas, sur le sol mouillé, entre l'église et le presbytère ; 2° L'examen des pas prouve qu'il y eut un seul malfaiteur, qu'il transporta d'abord les objets précieux à quelque distance, puis qu'il revint pour l'escalade du presbytère ; 3° Cette seconde tentative manquée, il retourna prendre son butin et s'enfuit par la grand-route. On perd la piste aux environs de l'auberge Hippolyte.

— Aussitôt, dit Barnett, tu interroges le patron de l'auberge...

— Et le patron de l'auberge, continua Béchoux, me répond :

« — Un homme à chapeau gris, à pardessus marron, et avec deux dents en or ? Mais c'est M. Vernisson, le commis voyageur en épingles... M. Quatre-Mars comme nous l'appelons, vu qu'il passe par ici, tous les ans, le 4 mars. Il est arrivé hier, à midi, au petit trot de son cheval, il a remisé son cabriolet, il a déjeuné, puis il est allé visiter ses clients.

« — À quelle heure est-il rentré ?

« — Sur le coup de deux heures du matin, comme toujours.

« — Et il est parti maintenant ?

« — Depuis quarante minutes, direction Chantilly.

— Sur quoi, dit Barnett, tu as filé à sa poursuite ?

— Le baron me conduisait dans son auto. Nous avons rattrapé le sieur Vernisson et, malgré ses protestations, l'avons contraint à tourner bride.

— Ah ! il n'avoue pas ? demanda Barnett.

— À moitié. Il répond : "Ne dites rien à ma femme... Qu'on ne prévienne pas ma femme !..."

— Mais le trésor ?

— Rien dans le coffre de la voiture.

— Cependant les preuves sont formelles ?

— Formelles. Ses chaussures collent exactement

aux empreintes du cimetière. En outre, M. le curé affirme avoir rencontré ce même individu en fin d'après-midi, dans le cimetière. Donc, aucun doute.

— En ce cas, qu'est-ce qui cloche ? Pourquoi m'as-tu mobilisé ?

— Ça, c'est une histoire de M. le curé…, fit Béchoux d'un air mécontent. Nous ne sommes pas d'accord sur un point secondaire.

— Secondaire… c'est vous qui le dites, formula l'abbé Dessole dont le mouchoir semblait sortir de l'eau.

— Qu'y a-t-il donc, monsieur le curé ? demanda Barnett.

— Eh bien, voilà, fit l'abbé Dessole, c'est à propos…

— À propos de quoi ?

— À propos des dents en or. Le sieur Vernisson en a bien deux. Seulement…

— Seulement ?

— Elles sont à droite… tandis que celles que j'ai vues étaient à gauche. »

Jim Barnett ne put tenir son sérieux. Un rire subit le secoua. Comme l'abbé Dessole le regardait avec ahurissement, il s'écria :

« À droite ? Quelle catastrophe ! Mais êtes-vous certain, vous, de ne pas vous tromper ?

— J'en prends Dieu à témoin.

— Cependant vous aviez rencontré cet individu ?…

— Dans le cimetière. C'était bien le même. Mais la nuit, ça ne pouvait pas être le même, puisque les dents d'or sont à gauche, et que celles-là sont à droite.

— Il les avait peut-être changées de côté, observa Barnett qui riait de plus belle. Béchoux, amène-nous donc le personnage. »

Deux minutes plus tard, entrait, lamentable, courbé, figure mélancolique à moustache tombante, le sieur Vernisson. Il était accompagné du baron de Gravières, hobereau solide, carré d'épaules, et qui portait un revolver au poing. Et tout de suite M. Vernisson, qui semblait abasourdi, se mit à geindre :

« Je n'y comprends rien, à votre affaire… Des objets

précieux, une serrure brisée ? Qu'est-ce que ça veut dire ?

— Avouez donc, ordonna Béchoux, au lieu de bafouiller !

— J'avoue tout ce qu'on veut pourvu qu'on n'avertisse pas ma femme. Ça non. Je dois la rejoindre chez nous, près d'Arras, la semaine prochaine. Il faut que j'y sois et qu'elle ne sache rien. »

L'émotion, la peur lui ouvraient la bouche de travers, en une fente où l'on voyait les deux dents de métal. Jim Barnett s'approcha, mit deux doigts dans cette fente et conclut gravement :

« Elles ne bougent pas. Ce sont bien des dents de droite. Et M. le curé a vu des dents de gauche. »

L'inspecteur Béchoux était furieux.

« Ça ne change rien... Nous tenons le voleur. Voilà des années qu'il vient dans le village pour combiner son coup. C'est lui ! M. le curé aura mal vu. »

L'abbé Dessole tendit les bras avec solennité :

« Je prends Dieu à témoin que les dents étaient à gauche.

— À droite !

— À gauche !

— Allons, pas de dispute, dit Barnett en les prenant à part tous les deux. Somme toute, monsieur le curé, que demandez-vous ?

— Une explication qui me donne toute certitude.

— Sans quoi ?

— Sans quoi, je m'adresse à la justice, comme c'eût été mon devoir dès le début. Si cet homme n'est pas coupable, nous n'avons pas le droit de le retenir. Or, les dents en or de mon agresseur étaient à gauche.

— À droite ! proféra Béchoux.

— À gauche ! insista l'abbé.

— Ni à droite ni à gauche, déclara Barnett, qui s'amusait follement. Monsieur le curé, je vous livrerai le coupable demain matin, ici, à neuf heures, et il vous indiquera lui-même où sont les objets précieux. Vous passerez la nuit dans ce fauteuil, le baron dans cet autre fauteuil, et M. Vernisson dans celui-ci, attaché. À huit heures trois quarts, tu me réveilleras, Béchoux. Pain grillé, chocolat, œufs à la coque, etc.»

À la fin de cette journée, on vit Jim Barnett un peu partout. On le vit qui examinait, une à une, les tombes du cimetière, qui visitait la chambre du curé. On le vit à la poste, où il téléphonait. On le vit à l'auberge Hippolyte, où il dîna en compagnie du patron. On le vit sur la route et dans les champs.

Il ne rentra qu'à deux heures du matin. Le baron et l'inspecteur, serrés contre l'homme aux dents d'or, ronflaient à qui mieux mieux, comme si chacun eût voulu couvrir le ronflement de l'autre. En entendant Barnett, M. Vernisson geignit:

«Qu'on n'avertisse pas ma femme…»

Jim Barnett se jeta sur le plancher et s'endormit aussitôt.

À huit heures trois quarts, Béchoux le réveilla. Le petit déjeuner était prêt. Barnett avala quatre toasts, son chocolat, ses œufs, fit asseoir ses auditeurs autour de lui et dit:

«Monsieur le curé, je tiens ma promesse, à l'heure fixée. Et toi, Béchoux, je vais te montrer comme quoi tous les trucs professionnels, empreintes, bouts de cigarettes et autres balivernes sont de peu de poids en face des données immédiates qu'apporte une intelligence claire appuyée sur un peu d'intuition et d'expérience. Je commence par M. Vernisson.

— Toutes les avanies, pourvu qu'on n'avertisse pas ma femme», balbutia M. Vernisson, qui semblait ravagé par l'insomnie et l'inquiétude.

Jim Barnett prononça:

«Il y a dix-huit ans, Alexandre Vernisson, qui voyageait déjà comme représentant d'une fabrique d'épingles, rencontra ici, à Vaneuil, une demoiselle Angélique, couturière aux environs. Ce fut le coup de foudre, de part et d'autre. M. Vernisson obtint un congé de quelques semaines, courtisa et enleva Mlle Angélique, qui l'aima tendrement, le choya, le rendit heureux et mourut deux ans après. Il ne s'en consola pas et, bien qu'il succombât plus tard aux coquetteries d'une demoiselle Honorine et qu'il l'épousât, le souvenir de la demoiselle Angélique resta d'autant plus vivace en lui qu'Honorine — personne acariâtre et jalouse — ne cessa de le persécuter et de lui reprocher une liaison dont le hasard lui avait révélé tous les détails. D'où le touchant et mystérieux pèlerinage à Vaneuil que désormais accomplit Alexandre Vernisson. Nous sommes d'accord, monsieur Vernisson ?

— Tout ce qu'on voudra, répondit celui-ci, pourvu que… »

Jim Barnett poursuivit :

« Donc, tous les ans, M. Vernisson organise ses tournées en cabriolet, de manière à passer par Vaneuil sans que Mme Honorine le sache. Il s'agenouille sur la tombe d'Angélique, au jour anniversaire de sa mort, dans ce cimetière où elle a voulu qu'on l'enterrât. Il se promène aux lieux où ils se promenèrent ensemble le jour de leur rencontre, et il ne rentre à l'auberge qu'à l'heure où il y rentra. Vous pouvez voir près d'ici l'humble croix dont l'épitaphe m'a renseigné sur les habitudes de M. Vernisson :

CI-GÎT

ANGÉLIQUE

DÉCÉDÉE LE QUATRE MARS

ALEXANDRE L'AIMA ET LA PLEURE !

« Vous comprenez maintenant pourquoi M. Vernisson redoute si vivement que Mme Vernisson soit mise au courant de sa mésaventure. Que dirait-elle, l'irascible Mme Vernisson, si elle apprenait que l'infidèle M. Vernisson est soupçonné de vol par la faute de sa bien-aimée défunte ? »

M. Vernisson pleurait, comme l'exigeait l'épitaphe. Il pleurait aussi d'avance en imaginant les représailles de Mme Vernisson. Cela seul évidemment comptait pour lui, et le reste de l'histoire lui demeurait étranger. Béchoux, le baron de Gravières et l'abbé Dessole écoutaient avec une attention passionnée.

« Ainsi donc, continua Barnett, voilà élucidé l'un des problèmes, la présence régulière à Vaneuil de M. Vernisson. Cette solution nous amène logiquement à résoudre l'énigme du trésor. Entre les deux faits la relation est étroite. Vous admettrez, n'est-ce pas, qu'un trésor aussi considérable doit exciter les imaginations et déchaîner les convoitises. L'idée du vol doit germer dans la cervelle de bien des visiteurs ou des bonnes gens du pays. Vol difficile à cause des précautions prises par M. le curé, mais moins difficile pour quelqu'un qui a l'occasion de connaître ces précautions, et la possibilité, depuis des années, d'étudier le terrain, de combiner son plan et de se soustraire au péril d'une accusation. Car tout est là : ne pas être soupçonné. Et, pour n'être pas soupçonné, quel meilleur moyen que de détourner les soupçons sur un autre... vers cet homme, par exemple, qui revient furtivement dans le cimetière à date fixe, qui se cache, et que ses habitudes sournoises rendent suspect au premier chef ! Et alors, lentement, patiemment, s'échafaude le complot. Chapeau gris, pardessus marron, empreintes des chaussures, dents d'or, tout cela est minutieusement relevé. Le coupable sera cet inconnu, et non pas le véritable voleur, c'est-à-dire celui qui, dans l'ombre, familier peut-être du presbytère, poursuit ses manigances, année par année. »

Barnett se tut un instant. Quelque chose de la vérité apparaissait. M. Vernisson prenait figure de victime. Barnett lui tendit la main.

« Mme Vernisson ne se doutera pas de votre pèlerinage. Monsieur Vernisson, excusez l'erreur commise à votre égard depuis deux jours. Et excusez-moi si j'ai, cette nuit, fouillé votre cabriolet et découvert, dans le double fond de votre coffre, la mauvaise cachette où vous gardez les lettres de Mlle Angélique et vos confidences particulières. Vous êtes libre, monsieur Vernisson. »

M. Vernisson se leva.

« Un instant ! protesta Béchoux, qu'un tel dénouement indignait.

— Parle, Béchoux.

— Et les dents d'or ? s'écria l'inspecteur. Car il ne faut pas éluder cette question. M. le curé a vu, de ses yeux vu, deux dents en or dans la bouche de son

72

voleur. Et M. Vernisson a deux dents en or ici, à droite ! C'est un fait, ça.

— Celles que j'ai vues étaient à gauche, rectifia l'abbé.

— Ou à droite, monsieur le curé.

— À gauche, je l'affirme. »

Jim Barnett se mit à rire de nouveau.

« Silence, saperlipopette ! Vous vous chamaillez pour une vétille. Comment, toi, Béchoux, inspecteur de la Sûreté, tu en es encore à t'ébahir devant un pauvre petit problème comme celui-là ! Mais c'est l'enfance de l'art ! C'est un mystère pour collégien ! Monsieur le curé, cette salle est la répétition exacte de votre chambre, n'est-ce pas ?

— Exacte. Ma chambre est au-dessus.

— Fermez les volets, monsieur le curé, et croisez les rideaux. Monsieur Vernisson, prêtez-moi votre chapeau et votre pardessus. »

Jim Barnett se coiffa du chapeau gris aux bords rabattus et se vêtit du pardessus marron au col relevé ; puis, lorsque la nuit fut complète dans la salle, il tira de sa poche une lampe électrique et se planta devant le curé, en envoyant le jet de lumière dans sa bouche ouverte.

« L'homme ! l'homme aux dents d'or, bredouilla l'abbé Dessole en regardant Barnett.

— De quel côté sont-elles, mes dents d'or, monsieur le curé ?

— À droite, et celles que j'ai vues étaient à gauche. »

Jim Barnett éteignit sa lampe, saisit l'abbé par les épaules et le fit pivoter plusieurs fois sur lui-même, comme une toupie. Puis, brusquement, il ralluma en disant d'un ton impérieux :

« Regardez en face de vous… bien en face. Vous voyez les dents en or, hein ? De quel côté ?

— À gauche », dit l'abbé stupéfait.

Jim Barnett écarta les rideaux et poussa les volets.

« À droite… ou à gauche… vous n'êtes pas très sûr. Eh bien, monsieur le curé, c'est ce qui s'est produit l'autre nuit. Quand vous vous êtes levé d'un bond, le cerveau confus, vous ne vous êtes pas avisé que vous tourniez le dos à la fenêtre, que vous étiez devant la cheminée, que l'individu ne se trouvait pas en face de vous, mais à côté, et qu'en allumant votre lampe, vous en projetiez la clarté non pas sur lui, mais sur son image reflétée par la glace. Et c'est ce même phénomène que j'ai provoqué en vous étourdissant par quelques pirouettes. Comprenez-vous maintenant ? Et dois-je vous rappeler qu'une glace qui réfléchit un objet vous présente la droite de cet objet à gauche et la gauche à droite ? D'où il advint que vous vîtes à gauche les dents d'or qui étaient à droite.

— Oui, s'écria victorieusement l'inspecteur Béchoux. Mais il n'empêche que si j'avais raison, M. le curé n'avait pas tort en affirmant qu'il avait vu des dents en or. Il est donc nécessaire qu'à la place de M. Vernisson vous nous présentiez un individu qui ait des dents en or.

— Pas la peine.

— Pourtant le voleur avait des dents en or !

— Est-ce que j'en ai, moi ? » dit Barnett.

Il retira de sa bouche une feuille de papier doré qui gardait la forme de ses deux dents.

« Tenez, voici la preuve. Elle est convaincante, n'est-ce pas ? Avec des empreintes de chaussures, un chapeau gris, un pardessus marron et deux dents en or, on vous fabrique un indiscutable M. Vernisson. Et combien c'est facile ! Il suffit de se procurer un peu de papier doré... comme celui-ci, qui provient de la même boutique de Vaneuil où le baron de Gravières a acheté une feuille de papier doré, voici trois mois. »

La phrase, jetée négligemment, se prolongea dans un silence surpris. À la vérité, Béchoux, que l'argumentation de Barnett avait conduit pas à pas vers le but, ne fut pas autrement étonné. Mais l'abbé Dessole demeurait comme suffoqué. Il observait à la dérobée son honorable paroissien, le baron de Gravières. Celui-ci, très rouge, ne soufflait mot.

Barnett rendit le chapeau et le pardessus à M. Vernisson, qui se retira en marmottant :

« Vous m'assurez, n'est-ce pas, que Mme Vernisson

ne saura rien ? Ce serait terrible si elle savait... Pensez donc !... »

Barnett le conduisit, puis rentra, d'un air joyeux. Il se frottait les mains.

« Excellente partie, rapidement menée, et dont je tire quelque fierté. Tu vois comment ça se pratique, Béchoux ? Toujours ce même procédé, dont je me suis servi les autres fois où nous avons travaillé ensemble. On ne commence pas par accuser celui qu'on soupçonne. On ne lui demande aucune explication. On ne s'occupe même pas de lui. Mais alors qu'il ne se défie pas, on reconstitue peu à peu en sa présence toute l'aventure. Il revit le rôle qu'il a tenu. Il assiste, de plus en plus effaré, à la mise en plein jour de tout ce qu'il croyait à jamais enfoui dans les ténèbres. Et il se sent si bien enveloppé, ficelé, impuissant, confondu... il sait si bien que l'on a réuni contre lui toutes les preuves nécessaires... ses nerfs sont soumis à telle épreuve, qu'il ne songe même pas à se défendre ou à protester. N'est-ce pas, monsieur le baron ? Nous sommes d'accord, hein ? Et je n'ai pas besoin de les étaler, mes preuves ? Celles-là vous suffisent ? »

Le baron de Gravières devait éprouver les impressions mêmes que Barnett décrivait, car il ne cherchait pas à faire front à l'attaque et à dissimuler sa détresse. Il n'aurait pas eu une attitude différente s'il avait été pris en flagrant délit.

Jim Barnett s'approcha de lui, et, avec beaucoup d'aménité, le rassura.

« Vous n'avez d'ailleurs rien à craindre, monsieur le baron. L'abbé Dessole, qui désire à tout prix éviter le scandale, vous demande simplement de lui rendre les objets précieux. Moyennant quoi, quitus. »

M. de Gravières leva la tête, considéra un instant son terrible adversaire et, sous le regard inflexible du vainqueur, murmura :

« On ne portera pas plainte ?... On ne parlera de rien ?... M. le curé s'y engage ?...

— De rien, je m'y engage, fit l'abbé Dessole. J'oublierai tout, dès que le trésor aura repris sa place. Mais est-ce possible, monsieur le baron ? C'est vous !

c'est vous qui avez commis un tel forfait! Vous en qui j'avais tant de confiance! Un de mes fidèles paroissiens!»

M. de Gravières chuchota humblement, comme un enfant qui avoue sa faute et se soulage en la racontant:

«Ça a été plus fort que moi, monsieur le curé. Je pensais tout le temps à ce trésor, qui était là, à portée de ma main... Je résistais... je ne voulais pas... et puis la chose s'est combinée en moi...

— Est-ce possible! répétait l'abbé douloureusement. Est-ce possible!

— Oui... j'avais perdu de l'argent en spéculations. Comment vivre? Tenez, monsieur le curé, depuis deux mois j'ai réuni dans une partie de mon garage tous mes meubles anciens, de belles pendules, des tapisseries. Je voulais les vendre... J'aurais été sauvé. Et puis, ça me crevait le cœur... et le 4 mars approchait... Alors la tentation... l'idée de faire le coup comme je l'avais combiné... J'ai succombé... Pardonnez-moi...

— Je vous pardonne, dit l'abbé Dessole, et je prierai Dieu qu'il ne vous punisse pas trop sévèrement.»

Le baron se leva et dit d'un ton résolu:

«Allons. Que l'on veuille bien me suivre.»

On s'en alla par la grand-route, comme des gens qui se promènent. L'abbé Dessole essuyait la sueur de son visage. Le baron marchait à pas lourds et le dos courbé. Béchoux était inquiet: pas une seconde il ne doutait que Barnett, qui avait si prestement débrouillé l'aventure, n'eût aussi allègrement confisqué les objets précieux.

Très à l'aise, Jim Barnett pérorait, à ses côtés:

«Comment, diable, n'as-tu pas discerné le vrai coupable, aveugle Béchoux? Moi, j'ai tout de suite pensé que M. Vernisson n'avait pas pu monter une telle machination à raison d'un voyage par an, et qu'il fallait un homme du pays même — un voisin, de préférence. Et quel voisin que le baron, dont le logis a vue directe sur l'église et le presbytère! Toutes les précautions du curé, il les connaissait. Tous les pèlerinages à date fixe de M. Vernisson, il y assistait... Alors...»

Béchoux n'écoutait pas, absorbé par des craintes que la réflexion rendait plus cruelles. Et Barnett plaisantait :

«Alors, sûr de mon affaire, j'ai lancé l'accusation. Pas une preuve d'ailleurs, pas l'ombre d'une preuve. Mais je voyais mon bonhomme qui blêmissait, à mesure que ça se dessinait, et qui ne savait plus comment se tenir. Ah! Béchoux, je ne connais pas de volupté pareille à celle-là. Et tu vois le résultat, Béchoux ?

— Oui, je le vois… ou plutôt je vais le voir», dit Béchoux qui attendait le coup de théâtre.

M. de Gravières avait contourné les fossés de sa propriété et suivi un petit chemin herbeux. Trois cents mètres plus loin, après un bosquet de chênes, il s'arrêta :

«Là, dit-il d'une voix saccadée… au milieu de ce champ… dans la meule.»

Béchoux exhala un ricanement plein d'amertume. Pourtant, il s'élança avec la hâte d'en finir, et suivi des autres.

La meule était de dimensions restreintes. En une minute, il la décapita et fouilla, éparpillant les bottes de foin accumulées. Et soudain il poussa une clameur de triomphe.

«Les voici! Un ostensoir! un flambeau! un candélabre… six objets!… Sept!

— Il doit y en avoir neuf, cria l'abbé.

— Neuf… ils y sont!… bravo, Barnett! C'est vraiment chic! Ah! ce Barnett…»

L'abbé défaillait de joie, pressant contre sa poitrine les objets retrouvés, et murmurait :

«Monsieur Barnett, comme je vous remercie! La Providence vous récompensera…»

L'inspecteur Béchoux cependant ne s'était pas trompé en prévoyant un coup de théâtre, seulement il se produisit un peu plus tard.

Au retour, lorsque M. de Gravières et ses compagnons longèrent de nouveau le manoir, ils entendirent des cris qui venaient du verger. M. de Gravières se précipita vers le garage, devant lequel trois domestiques et valets de ferme gesticulaient.

Tout de suite, il devina la nature du désastre et en constata l'étendue. La porte d'une petite remise attenante au garage avait été fracturée, et tous les meubles anciens, belles pendules, tapisseries, enfermés dans cette remise et qui étaient ses dernières ressources, avaient disparu.

«Mais c'est effroyable! balbutia-t-il en chancelant. Quand a-t-on volé tout cela?

— Cette nuit..., dit un domestique... Vers onze heures du soir, les chiens ont aboyé...

— Mais comment a-t-on pu?...

— Avec l'auto de M. le baron.

— Avec mon auto! Elle est volée aussi?»

Foudroyé, le baron tomba dans les bras de l'abbé Dessole qui, doucement, avec des gestes paternels, le réconforta.

«La punition n'a pas tardé, mon pauvre monsieur. Acceptez-la dans un esprit de contrition...»

Béchoux avait serré les poings et marchait pas à pas vers Jim Barnett, tout ramassé sur lui-même et prêt à bondir.

«Vous porterez plainte, monsieur le baron, grinçait-il rageusement. Je vous garantis que vos meubles ne sont pas perdus.

— Parbleu, non, ils ne sont pas perdus, dit Barnett qui souriait aimablement. Mais porter plainte, c'est très dangereux pour M. le baron.»

Béchoux avançait, l'œil de plus en plus dur et l'attitude de plus en plus menaçante. Mais Barnett vint à sa rencontre et l'entraîna.

«Sais-tu ce qui serait arrivé sans moi? M. le curé n'aurait pas retrouvé son trésor. L'innocent Vernisson serait sous les verrous, et Mme Vernisson connaîtrait la conduite de son mari. Bref, tu n'aurais plus qu'à te tuer.»

Béchoux s'affaissa sur le tronc coupé d'un arbre. Il étouffait de colère.

«Vite, monsieur le baron, s'écria Barnett, un cordial pour Béchoux... il n'est pas à son aise.»

M. de Gravières donna des ordres. On déboucha

une bouteille de vieux vin. Béchoux en but un verre.
M. le curé également. M. de Gravières vida le reste…

V

LES DOUZE AFRICAINES DE BÉCHOUX

Le premier soin de M. Gassire, en s'éveillant, fut
de vérifier si le paquet de titres, rapporté par lui la
veille au soir, se trouvait bien sur la table de nuit où
il l'avait déposé.

Rassuré, il se leva et fit sa toilette.

Nicolas Gassire, petit homme gras de corps et
maigre de visage, exerçait, dans le quartier des Inva-
lides, la profession d'homme d'affaires et groupait
autour de lui une clientèle de gens sérieux qui lui
confiaient leurs économies, et auxquels il servait de
jolis intérêts, grâce à d'heureuses spéculations de
Bourse et à de secrètes opérations usuraires.

Il occupait, au premier étage d'une étroite et vieille
maison dont il était propriétaire, un appartement
composé d'une antichambre, d'une chambre, d'une
salle à manger à usage de cabinet de consultation,
d'une pièce où venaient travailler trois employés et,
tout au bout, d'une cuisine.

Très économe, il n'avait pas de bonne. Chaque
matin, la concierge, lourde femme active et réjouie,
lui montait son courrier à huit heures, faisait le
ménage et déposait sur son bureau un croissant et
une tasse de café.

Ce matin-là, cette femme repartit à huit heures et
demie, et M. Gassire, ainsi que chaque jour, en attendant ses employés, mangea tranquillement, décacheta ses lettres et parcourut son journal. Or, tout à
coup, à neuf heures moins cinq exactement, il crut
entendre du bruit dans sa chambre. Se souvenant
du paquet de titres qu'il y avait laissé, il s'élança. Le
paquet de titres n'y était plus, et, en même temps, la

porte de l'antichambre sur le palier se refermait violemment.

Il voulut l'ouvrir. Mais la serrure ne fonctionnait qu'avec la clef, et, cette clef, M. Gassire l'avait laissée sur son bureau.

« Si je vais la chercher, pensa-t-il, le voleur s'enfuira sans être vu. »

M. Gassire ouvrit donc la fenêtre de l'antichambre, qui donnait sur la rue. À cet instant, il était matériellement impossible que quelqu'un eût eu le temps de quitter la maison. Et, de fait, la rue était déserte. Si affolé qu'il fût, Nicolas Gassire ne cria pas au secours. Mais, quelques secondes plus tard, apercevant son principal employé qui débouchait du boulevard voisin et s'en venait vers la maison, il lui fit signe.

« Vite ! vite ! Sarlonat, dit-il en se penchant, entrez, refermez la porte, et que personne ne passe. On m'a volé. »

Dès que son ordre fut exécuté, il descendit en hâte, haletant, éperdu.

« Eh bien, Sarlonat, personne ?…

— Personne, monsieur Gassire. »

Il courut jusqu'à la loge de la concierge, qui se trouvait entre le bas de l'escalier et une courette obscure. La concierge balayait.

« On m'a volé, madame Alain ! s'exclama-t-il. Personne n'est venu se cacher ici ?

— Mais non, monsieur Gassire, balbutia la grosse femme, ahurie.

— Où mettez-vous la clef de mon appartement ?

— Ici, monsieur Gassire, derrière la pendule. Du reste, on n'a pas pu la prendre, puisque je n'ai pas bougé de ma loge depuis une demi-heure.

— Alors, c'est que le voleur, au lieu de descendre, a remonté l'escalier. Ah ! c'est effroyable ! »

Nicolas Gassire revint près de l'entrée. Ses deux autres employés arrivaient. En quelques phrases essoufflées, il leur donna, en toute hâte, ses instructions. Personne ne devait passer, ni dans un sens ni dans l'autre, avant qu'il ne fût de retour.

« Compris, hein, Sarlonat ? »

Aussitôt, il escalada l'étage et s'engouffra chez lui.

«Allô, hurla-t-il en empoignant le cornet du téléphone... Allô! la Préfecture de police... Mais, mademoiselle, je ne vous demande pas la Préfecture! je vous demande le café de la Préfecture... Le numéro? Je ne sais pas... Vite... Les renseignements... Au galop, mademoiselle.»

Il réussit enfin à obtenir le patron du café et proféra:

«L'inspecteur Béchoux est là? Appelez-le... Tout de suite... Au galop... C'est un de mes clients... Pas une seconde à perdre. Allô! l'inspecteur Béchoux? C'est M. Gassire qui vous téléphone, Béchoux. Oui, ça va bien... ou plutôt non... On m'a volé des titres, un paquet... Je vous attends. Hein? Quoi? Impossible? Vous partez en congé? Mais je m'en fiche de votre congé! Rappliquez au galop, Béchoux... au galop! Vos douze actions des Mines africaines étaient dans le paquet!»

M. Gassire entendit au bout de la ligne un formidable: «Nom de...!» qui le rassura pleinement sur les intentions et sur la promptitude de l'inspecteur Béchoux. En effet, quinze minutes plus tard, l'inspecteur Béchoux arrivait en coup de vent, la figure décomposée, et se ruait sur l'homme d'affaires.

«Mes *Africaines*!... Toutes mes économies! Où sont-elles?

— Volées! avec les titres de mes clients... avec tous mes titres à moi!

— Volées!

— Oui, dans ma chambre, il y a une demi-heure.

— Crebleu! mais qu'est-ce que mes Africaines faisaient dans votre chambre?

— J'ai retiré le paquet, hier, de mon coffre du Crédit Lyonnais, pour les confier à une banque. C'était plus commode. Et j'ai eu tort...»

Béchoux lui appliqua sur l'épaule une main de fer.

«Vous êtes responsable, Gassire. Vous me rembourserez.

— Avec quoi? Je suis ruiné.

— Ruiné ? Et cette maison ?

— Hypothéquée jusqu'à la gauche. »

Les deux hommes sautaient et vociféraient l'un en face de l'autre. La concierge et les trois employés avaient perdu la tête aussi et barraient le passage à deux jeunes filles, deux locataires du troisième, qui voulaient sortir à tout prix de la maison.

« Personne ne sortira ! cria Béchoux, hors de lui. Personne, avant qu'on ait retrouvé mes douze Africaines !

— Il faudrait peut-être du secours, proposa Gassire… le garçon boucher… l'épicier… ce sont des gens de confiance.

— Je n'en veux pas, articula Béchoux. S'il faut quelqu'un, on téléphonera à l'Agence Barnett, de la rue de Laborde. Et puis, on portera plainte. Mais ce serait du temps perdu. Pour le moment, il faut agir. »

Il essayait de se dominer, incité au calme par sa responsabilité de chef. Mais ses gestes nerveux et la crispation de sa bouche trahissaient un désarroi extrême.

« Du sang-froid, dit-il à Gassire. Somme toute, nous tenons le bon bout. Personne n'est sorti. Donc il faut mettre la main sur mes douze Africaines avant qu'on ne puisse les glisser dehors. C'est l'essentiel. »

Il interrogea les deux jeunes filles. L'une, dactylographe, copiait chez elle des circulaires et des rapports. L'autre donnait, chez elle aussi, des leçons de flûte. Toutes deux désiraient faire leurs provisions pour le déjeuner.

« Mille regrets ! répliqua Béchoux, inflexible. Mais ce matin, la porte de la rue restera close. Monsieur Gassire, deux de vos employés s'y tiendront en permanence. Le troisième fera les courses des locataires. Cet après-midi, ceux-ci pourront passer, mais avec mon autorisation, et tous colis, cartons, filets à provisions, paquets suspects seront rigoureusement examinés. Voilà la consigne. Quant à nous, monsieur Gassire, à l'ouvrage ! La concierge nous conduira. »

La disposition des lieux rendait les investigations faciles. Trois étages. Un seul appartement par étage, ce qui faisait quatre avec celui du rez-de-chaussée, inoccupé pour l'instant. Au premier, M. Gassire. Au second, M. Touffémont, député, ancien ministre. Au troisième, qui était divisé en deux petits logements, Mlle Legoffier, dactylographe, et Mlle Haveline, professeur de flûte.

Ce matin-là, le député Touffémont s'en étant allé à huit heures et demie à la Chambre, où il présidait une commission, et son ménage étant fait par une voisine qui ne venait qu'à l'heure du déjeuner, on attendit son retour. Mais les logements des deux demoiselles furent l'objet d'une enquête minutieuse. Puis on scruta tous les recoins du grenier, auquel on accédait par une échelle, puis la courette, puis l'appartement de M. Nicolas Gassire lui-même.

On ne trouva rien. Béchoux pensait amèrement à ses douze Africaines.

Vers midi, le député Touffémont arriva. Parlementaire grave, alourdi de son portefeuille d'ancien ministre, grand travailleur, respecté de tous les partis, et dont les interpellations rares, mais décisives, faisaient trembler les gouvernements. D'un pas mesuré, il alla prendre son courrier dans la loge de la concierge, où Gassire le rejoignit et lui expliqua le vol dont il était victime.

Le député Touffémont écouta avec l'attention réfléchie qu'il semblait accorder aux propos les plus insignifiants, promit son concours au cas où Gassire déciderait de porter plainte et insista pour que l'on fouillât son appartement.

« Qui sait, dit-il, si quelqu'un ne s'est pas procuré une fausse clef ? »

On chercha. Rien. Décidément l'affaire se présentait mal, et les deux hommes essayaient tour à tour de se remonter le moral par des phrases réconfortantes, mais elles sonnaient faux.

Ils décidèrent de se restaurer dans un petit café, situé en face bien entendu, ce qui leur permettrait de ne pas quitter la maison de l'œil. Mais Béchoux n'avait pas faim : ses douze Africaines lui pesaient sur l'estomac. Gassire se plaignait de vertiges et tous deux retournaient la question en tous sens, avec l'espoir d'y découvrir des motifs de sécurité.

«C'est bien simple, dit Béchoux. Quelqu'un s'est introduit chez vous et a dérobé les titres. Or, comme ce quelqu'un n'a pas pu s'en aller, c'est qu'il est dans la maison.

— Parbleu! approuva Gassire.

— Et s'il est dans la maison, c'est que mes douze Africaines s'y trouvent également. Ça ne s'envole pas à travers les plafonds, douze Africaines, que diable!

— Et un paquet de titres non plus! renchérit Nicolas Gassire.

— Nous en arrivons donc, continua Béchoux, à cette certitude, fondée sur des bases solides, à savoir que…»

Il n'acheva pas. Ses yeux exprimaient une terreur subite. Il regardait de l'autre côté de la rue où un individu cheminait vers la maison d'un pas guilleret.

«Barnett! murmura-t-il. Barnett!… Qui donc l'a prévenu?

— Vous m'aviez parlé de lui, de l'Agence Barnett de la rue de Laborde, confessa Gassire un peu gêné, et j'ai cru que, dans des circonstances aussi cruelles, un coup de téléphone n'était pas inutile.

— Mais c'est idiot, bredouilla Béchoux. Qui est-ce qui dirige l'enquête? Vous ou moi? Barnett n'a rien à voir là-dedans! Barnett est un intrus dont il faut se défier. Ah! non, alors, pas de Barnett!»

La collaboration de Barnett lui paraissait soudain la chose la plus dangereuse du monde. Jim Barnett dans la maison, Jim Barnett mêlé à cette affaire, c'était, au cas où les recherches aboutiraient, l'escamotage du paquet de titres et principalement des douze Africaines.

Furieux, il franchit la rue, et, comme Barnett se disposait à frapper à la porte, il se planta devant lui, et, tout bas, la voix frémissante:

«Décampez. Pas besoin de vous. On vous a appelé par erreur. Fichez-nous la paix, et vivement.»

Barnett le regarda d'un œil étonné.

«Ce vieux Béchoux! Qu'est-ce donc? T'as pas l'air dans ton assiette?

— Tournez bride!

— C'est donc sérieux, ce qu'on m'a dit au téléphone? Tu as été refait de ton pécule? Alors, tu ne veux pas un petit coup de main?

— Décampe, grinça Béchoux. On sait ce que ça veut dire, tes petits coups de main. Ça se passe dans la poche des gens.

— T'as peur pour tes Africaines?

— Oui, si tu t'en mêles.

— N'en parlons plus. Débrouille-toi.

— Tu t'en vas?

— Pas mèche. J'ai affaire dans la maison.»

Et, s'adressant à Gassire, qui les rejoignait et entrouvrait la porte:

«Pardon, monsieur, c'est bien ici que demeure Mlle Haveline, professeur de flûte, second prix du Conservatoire?»

Béchoux s'indigna.

«Oui, tu la demandes parce que tu vois son adresse sur la plaque…

— Et après? dit Barnett. N'ai-je pas le droit de prendre des leçons de flûte?

— Pas ici.

— Je regrette. Mais j'ai une passion pour la flûte.

— Je m'oppose formellement…

— Flûte!»

Barnett passa d'autorité, sans qu'on osât le retenir. Très inquiet, Béchoux le vit qui montait l'escalier et, dix minutes plus tard, l'accord s'étant fait sans doute avec Mlle Haveline, on entendit, qui descendaient du troisième étage, les gammes hésitantes d'une flûte.

«Gredin! marmotta Béchoux, de plus en plus tourmenté pour ses douze Africaines. Avec cet animal-là, où allons-nous?»

Il se remit rageusement à la besogne. On visita le rez-de-chaussée inoccupé, ainsi que la loge de la concierge, où, à la rigueur, on aurait pu jeter le paquet de titres. Vainement. Là-haut, cependant, durant tout l'après-midi, la flûte sifflota, agaçante et goguenarde. Comment travailler dans de telles conditions ? Enfin, sur le coup de six heures, chantonnant et sautillant, Barnett apparut, un grand carton à la main.

Un carton ! Béchoux poussa une exclamation indignée, et saisit l'objet, dont il arracha le couvercle. Il y avait dedans de vieilles formes de chapeaux et des fourrures mangées aux vers.

« Comme elle n'a pas le droit de sortir, Mlle Haveline m'a prié de jeter tout ça, dit Barnett gravement. Elle est très jolie, tu sais, Mlle Haveline ! Et quel talent sur la flûte ! Elle prétend que j'ai des dispositions étonnantes, et que, si je persévère, je pourrai briguer un poste d'aveugle sur les marches d'une église. »

Toute la nuit, Béchoux et Gassire demeurèrent en faction, l'un à l'intérieur, l'autre à l'extérieur, afin d'empêcher que le paquet ne fût lancé par la fenêtre à un complice. Et, le lendemain matin, ils se remirent à l'œuvre, mais sans que leur acharnement fût récompensé. Les douze Africaines de l'un et les titres de l'autre se cachaient avec obstination.

À trois heures, Jim Barnett se présenta de nouveau, le carton vide à la main, et fila tout droit, avec le petit salut affable d'un monsieur que l'emploi de son temps satisfait pleinement.

La leçon de flûte eut lieu. Gammes. Exercices. Fausses notes. Et soudain un silence qui se prolongea, inexplicable, et qui intrigua Béchoux au-delà de toute expression.

« Que diable peut-il faire ? » se demandait-il, imaginant tout un système de recherches effectuées par Barnett et qui aboutissaient à des trouvailles extraordinaires.

Il monta les trois étages et prêta l'oreille. Chez le professeur de flûte, aucun bruit. Mais chez sa voisine, Mlle Legoffier, sténodactylographe, on entendait une voix d'homme.

« C'est sa voix », pensa Béchoux, dont la curiosité n'avait plus de bornes.

Et, incapable de se contenir, il sonna.

«Entrez! cria Barnett de l'intérieur. La clef est sur la porte.»

Béchoux entra. Mlle Legoffier, une fort jolie brune, était assise devant sa table, près de sa machine à écrire, et sténographiait sur des feuilles volantes les paroles de Barnett.

«Tu viens pour une perquisition? dit celui-ci. Ne te gêne pas. Mademoiselle n'a rien à cacher. Et moi non plus. Je dicte mes mémoires. Tu permets?»

Et, tandis que Béchoux regardait sous les meubles, il continua:

«Ce jour-là, l'inspecteur Béchoux me trouva chez la charmante Mlle Legoffier, à qui la jeune flûtiste m'avait recommandé, et il se mit en quête de ses douze Africaines qui fuyaient toujours éperdument. Sous le canapé, il récolta trois grains de poussière, sous l'armoire une talonnette. L'inspecteur Béchoux ne néglige aucun détail. Quel métier!»

Béchoux se releva, montra le poing à Barnett et l'injuria. L'autre poursuivait sa dictée. Béchoux s'en alla.

Un peu plus tard, Barnett descendait avec son carton. Béchoux, qui montait la garde, hésita. Mais il avait trop peur et il ouvrit le carton, qui contenait simplement de vieux papiers et des chiffons.

La vie devint insupportable pour l'infortuné Béchoux. La présence de Barnett, son persiflage et ses taquineries le jetaient dans une rage croissante. Chaque jour, Barnett revenait, et, après chaque leçon de flûte ou chaque séance de sténodactylographie, exhibait son carton. Que faire? Béchoux ne doutait pas que ce fût une nouvelle farce et que Barnett se gaussât de lui. Mais tout de même, si par hasard, cette fois, Barnett emportait les titres? s'il se sauvait avec les douze Africaines? s'il profitait de l'occasion pour déménager son butin? Alors, bon gré mal gré, Béchoux fouillait, vidait, glissait une main fébrile parmi les objets les plus hétéroclites, torchons déchirés, loques, plumeaux sans plumes, balais cassés, cendres de cheminée, épluchures de carottes. Et Barnett se tenait les côtes de rire.

«*Elles* y sont! *Elles* y sont pas! Trouvera!... Trouvera pas!... Ah! bougre de Béchoux, m'auras-tu fait rigoler!»

Cela dura toute une semaine. Béchoux perdait là, dans une lutte impuissante, tout son congé, et, en outre, se rendait infiniment ridicule dans le quartier. Nicolas Gassire et lui, en effet, n'avaient pu s'opposer à ce que les locataires, tout en acceptant d'être palpés et fouillés, vaquassent à leurs affaires. On jasait. La mésaventure de Gassire faisait du bruit. Ses clients affolés assiégeaient son bureau et réclamaient leur argent. De son côté, M. le député Touffémont, ancien ministre, dérangé dans ses habitudes, et qui, quatre fois par jour, en sortant ou en rentrant, assistait à toute cette effervescence, sommait Nicolas Gassire de prévenir la police. La situation ne pouvait guère se prolonger.

Un incident brusqua les choses. Une fin d'après-midi, Gassire et Béchoux entendirent le bruit d'une violente dispute qui venait du troisième. Trépignements, cris de femmes, cela semblait sérieux.

Ils grimpèrent en hâte les trois étages. Sur le palier, Mlle Haveline et Mlle Legoffier se battaient férocement, sans que les efforts de Barnett, qui se divertissait beaucoup, d'ailleurs, réussissent à les maîtriser. Les chignons avaient sauté, les corsages étaient déchirés et les invectives s'entrechoquaient.

On les sépara. La dactylographe eut une crise de nerfs et Barnett dut la transporter chez elle, tandis que le professeur de flûte exhalait sa fureur.

«Je les ai surpris tous deux, elle et lui, criait Mlle Haveline. Barnett, qui m'avait fait la cour d'abord, l'embrassait. Un drôle de type que ce Barnett; vous devriez lui demander, monsieur Béchoux, ce qu'il manigance ici depuis huit jours et pourquoi il passe son temps à nous interroger et à fureter partout. Tenez, je peux vous le dire, il sait qui a volé. C'est la concierge, oui, Mme Alain. Alors pourquoi m'a-t-il défendu de vous en souffler mot? Et puis, pour les titres, il connaît la vérité. À preuve ce qu'il m'a dit : "Ils sont dans la maison, sans y être, et ils n'y sont pas, tout en y étant." Méfiez-vous de lui, monsieur Béchoux. »

Jim Barnett, qui en avait fini avec la dactylographe, empoigna Mlle Haveline et la poussa énergiquement vers sa chambre.

« Allons, mon cher professeur, pas de potins et ne parlez pas de ce que vous ignorez. En dehors de votre flûte, vous bafouillez. »

Béchoux n'attendit point qu'il fût de retour. Les révélations de Mlle Haveline sur ce que pensait Jim Barnett avaient aussitôt éclairé l'affaire dans son esprit. Oui, la coupable était Mme Alain. Comment n'y avait-on pas songé ? Emporté par une conviction rageuse, il dégringola l'escalier, suivi de Nicolas Gassire, et se précipita dans la loge.

« Mes Africaines ! Où sont-elles ? C'est vous qui les avez volées ! »

Nicolas Gassire arrivait à son tour.

« Mes titres ? Qu'en avez-vous fait, voleuse ? »

Tous deux secouaient la grosse femme, la tiraillaient, chacun par un bras, et la harcelaient de questions et d'insultes. Elle ne répondait pas. Elle semblait abasourdie.

Ce fut, pour Mme Alain, une nuit affreuse à laquelle succédèrent deux jours non moins pénibles. Pas une seconde Béchoux n'admit que Jim Barnett se fût trompé. D'ailleurs, à la lumière de cette accusation, les faits prenaient leur véritable sens. La concierge qui devait avoir, en faisant le ménage, noté la présence insolite du paquet sur la table de nuit, et qui, seule, possédait la clef, avait fort bien pu, connaissant les habitudes régulières de M. Gassire, rentrer dans l'appartement, mettre la main sur les titres, se sauver et se réfugier dans sa loge, où Nicolas Gassire la retrouvait.

Béchoux se découragea.

« Oui, évidemment, disait-il, c'est cette coquine qui a fait le coup. Mais, au fond, le mystère demeure entier. Que le coupable soit la concierge ou n'importe qui, cela compte peu, tant qu'on ne saura pas ce que sont devenues mes douze Africaines. J'admets qu'elle les ait rapportées dans la loge, mais par quel prodige en sont-elles sorties, entre neuf heures et l'heure de nos recherches dans la loge ? »

Ce mystère, la grosse femme, malgré les menaces, malgré les tortures morales qu'on lui fit subir, refusa d'en donner l'explication. Elle nia tout. Elle n'avait rien vu. Elle ne savait rien, et, quoique sa culpabilité ne laissât aucun doute, elle demeura inflexible.

« Il faut en finir, dit un matin Gassire à Béchoux. Vous avez vu que le député Touffémont a renversé le ministère hier soir. Les journalistes vont l'inter-viewer. Pourrons-nous les fouiller, eux ? »

Béchoux avoua que la position était intenable.

« Dans trois heures, je saurai tout », affirma-t-il.

L'après-midi, il alla frapper à l'Agence Barnett.

« Je t'attendais, Béchoux, que veux-tu ?

— Ton aide. Je n'en sors pas. »

La réponse était loyale, et la démarche prenait toute sa valeur. Béchoux faisait amende honorable.

Jim Barnett s'empressa autour de lui, le saisit affec-tueusement par les épaules, lui serra la main, et, avec une délicatesse charmante, lui épargna les humilia-tions de la défaite. Ce ne fut pas l'entrevue du vain-queur et du vaincu, mais la réconciliation de deux camarades.

« En vérité, mon vieux Béchoux, le petit malen-tendu qui nous séparait me peinait infiniment. Deux copains comme nous, adversaires ! Quelle tristesse ! Je n'en dormais plus. »

Béchoux fronça les sourcils. En sa conscience de policier, il se reprochait amèrement ses cordiales relations avec Barnett et s'indignait que le destin eût fait de lui le collaborateur et l'obligé de cet homme qu'il considérait comme un filou. Mais, hélas ! il y a des circonstances où les plus honnêtes fléchissent, et la perte de douze Africaines est au nombre de celles-là !

Étouffant ses scrupules, il murmura :

« C'est bien la concierge, n'est-ce pas ?

« — C'est elle, pour cette raison entre beaucoup d'autres, que ce ne peut être qu'elle.

— Mais comment cette femme, si respectable jusque-là, a-t-elle pu commettre un tel acte ?

— Si tu avais eu la précaution élémentaire de prendre des renseignements sur elle, tu saurais que la malheureuse est affligée d'un fils qui est la pire des fripouilles et qui lui soutire tout son argent. C'est pour lui qu'elle a succombé à la tentation. »

Béchoux tressaillit.

« Elle a réussi à lui refiler mes Africaines ? dit-il en tremblant.

— Oh ! ça, non, je ne l'aurais pas permis. Tes douze Africaines, c'est sacré.

— Où sont-elles, alors ?

— Dans ta poche.

— Ne plaisante pas, Barnett.

— Je ne plaisante pas, Béchoux, quand il s'agit de choses aussi graves. Vérifie. »

Béchoux glissa vers la poche désignée une main timide, palpa et tira une large enveloppe ornée de cette adresse : « À mon ami Béchoux. » Il la décacheta, aperçut ses Africaines, en compta douze, pâlit, vacilla sur ses jambes et renifla un flacon de sels que Barnett lui colla sous le nez.

« Respire, Béchoux, et ne t'évanouis pas. »

Béchoux ne s'évanouit pas, mais il essuya quelques larmes furtives. La joie, l'émotion lui étreignaient la gorge. Certes, il ne doutait point que Barnett lui eût fourré l'enveloppe dans sa poche dès son entrée et durant leurs effusions. Mais les douze Africaines n'en étaient pas moins là, entre ses mains frémissantes, et Barnett ne lui apparaissait plus du tout comme un filou.

Recouvrant tout à coup ses forces, il se mit à gambader et à danser un pas espagnol, en s'accompagnant d'imaginaires castagnettes.

« Je les ai ! Au bercail, les Africaines ! Ah ! Barnett, quel grand bonhomme tu es ! Il n'y a pas deux Barnett au monde, il n'y en a qu'un, le sauveur de Béchoux ! Barnett, tu mérites une statue ! Barnett, tu

es un héros! Mais comment diable as-tu pu réussir?
Raconte, Barnett!»

Une fois de plus, la façon dont Barnett avait mené
les événements stupéfiait l'inspecteur Béchoux. Sti-
mulé par sa curiosité professionnelle, il demanda:
«Et alors, Barnett?
— Alors, quoi?
— Eh! oui, comment as-tu démêlé tout cela? Où
se trouvait le paquet? "Dans la maison sans y être",
aurais-tu dit?
— "Et hors de la maison, tout en y étant", plai-
santa Barnett.
— Raconte, implora Béchoux.
— Tu donnes ta langue au chat?
— Tout ce que tu voudras.
— Et tu n'auras plus avec moi, pour des pecca-
dilles, ces airs de réprobation qui me désolent et qui
me font croire parfois que j'ai quitté le droit chemin?
— Raconte, Barnett.
— Ah! s'écria celui-ci, quelle histoire charmante!
Bien que je t'en avertisse, mon vieux Béchoux, tu
n'auras aucune désillusion. Je n'ai jamais rien rencontré de plus joli, de plus inattendu, de plus spon-
tané et de plus roublard, de plus humain à la fois et
de plus fantaisiste. Et c'est tellement simple que toi,
Béchoux, un bon policier cependant, muni de quali-
tés sérieuses, tu n'y as vu que du feu.
— Enfin, parle, dit Béchoux, vexé, comment le
paquet de titres a-t-il quitté la maison?
— Sous tes yeux, ineffable Béchoux! et non seulement il a quitté la maison, mais il y est rentré! Et il la
quittait deux fois par jour! et il y rentrait deux fois
par jour! Et sous tes yeux, Béchoux, sous tes yeux
candides et bénévoles! Et pendant dix jours tu t'in-
clinais devant lui, avec des salutations respectueuses.
Un morceau de la vraie croix passait devant toi!
Pour un peu, tu te serais mis à genoux!
— Allons donc! s'écria Béchoux, c'est absurde,
puisque tout était fouillé.

— Tout était fouillé, Béchoux, mais pas cela ! Les colis, les cartons, les sacs à main, les poches, les chapeaux, les boîtes de conserve et les boîtes à ordures... oui, mais pas cela. Aux gares frontières, on visite des voyageurs, mais on ne visite pas la valise diplomatique. Ainsi tu as tout visité, sauf cela !

— Quoi cela ? s'écria Béchoux, impatienté.

— Je te le donne en mille.

— Parle, cré nom d'un chien !

— Le portefeuille de l'ancien ministre !»

Béchoux sauta de son siège.

«Hein ? Que dis-tu, Barnett ? Tu accuses le député Touffémont ?

— Tu es fou ! Est-ce que je me permettrais d'accuser un député ? *A priori*, un député, ancien ministre, est insoupçonnable. Et parmi tous les députés et tous les anciens ministres — et Dieu sait si ça pullule ! — je considère Touffémont comme le plus insoupçonnable. N'empêche qu'il servit de receleur à Mme Alain.

— Complice, en ce cas ? Le député Touffémont serait complice ?

— Pas davantage.

— Alors, qui accuses-tu ?

— Qui j'accuse ?

— Oui.

— Son portefeuille.»

Et posément, gaiement, Barnett expliqua :

«Le portefeuille d'un ministre, Béchoux, est un personnage considérable. Il y a, de par le monde, M. Touffémont, et il y a son portefeuille. L'un ne va pas sans l'autre, et chacun est la raison d'être de l'autre. Tu n'imagines pas M. Touffémont sans son portefeuille, mais tu n'imagines pas non plus le portefeuille de M. Touffémont sans M. Touffémont. Ils ne se séparent jamais l'un de l'autre. Seulement il arrive que M. Touffémont pose quelquefois son portefeuille à côté de lui, pour manger, par exemple, ou pour dormir, ou pour accomplir tel geste de la vie courante. Dans ces moments-là, le portefeuille de M. Touffémont prend une existence personnelle, et peut se prêter à des actes dont M. Touffémont n'est nullement responsable. C'est ce qui est arrivé le matin du vol. »

Béchoux regardait Barnett. Où voulait-il en venir ?

Barnett répéta :

« C'est ce qui est arrivé, le matin où tes douze Africaines ont été subtilisées. La concierge, affolée par son vol, bouleversée par le péril qui approche, ne sachant comment se débarrasser d'un butin qui va la perdre, avise tout à coup sur sa cheminée — ô miracle ! — le portefeuille de M. Touffémont, tout seul ! M. Touffémont vient d'entrer dans la loge pour prendre son courrier. Il a déposé son portefeuille sur la cheminée et décachète ses lettres, tandis que Nicolas Gassire, et toi, Béchoux, vous lui racontez la disparition des titres. Alors, une idée de génie — oui, de génie, il n'y a pas d'autre mot — illumine Mme Alain. Le paquet de titres, lui aussi, est sur la cheminée, à côté du portefeuille et caché sous des journaux. On n'a pas encore fouillé la loge, mais on va la fouiller et découvrir le pot aux roses. Pas une minute à perdre. Vivement, en quelques gestes, tournant le dos au groupe qui discute, elle ouvre le portefeuille, elle vide de ses papiers l'une des deux poches à soufflet et elle y enfourne le paquet de titres. C'est fait. Personne n'a rien soupçonné. Et quand M. Touffémont se retire, son portefeuille sous le bras, il s'en va avec tes douze Africaines et tous les titres de Gassire. »

Béchoux n'éleva pas la moindre protestation. Lorsque Barnett affirmait avec un certain accent de conviction définitive, Béchoux se soumettait à l'irréfutable vérité. Il croyait. Il avait la foi.

« J'ai vu, en effet, ce jour-là, dit-il, une liasse de papiers et de rapports. Je n'y ai pas fait attention. Mais, ces papiers et ces rapports, elle a dû les rendre à M. Touffémont.

— Je ne le pense pas, dit Barnett. Plutôt que d'attirer sur elle les soupçons, elle les aura brûlés.

— Mais il a dû les réclamer, lui ?

— Non.

— Comment ! Il ne s'est pas aperçu de la disparition de cette liasse de documents !

— Pas plus que de la présence du paquet de titres.

— Mais quand il a ouvert son portefeuille?

— Il ne l'a pas ouvert. Il ne l'ouvre jamais. Le portefeuille de Touffémont, comme celui de beaucoup d'hommes politiques, n'est qu'un trompe-l'œil, une contenance, une menace, un rappel à l'ordre. S'il l'avait ouvert, il aurait réclamé ses documents et restitué les titres. Or, il n'a ni réclamé les uns ni restitué les autres.

— Cependant, quand il travaille?

— Il ne travaille pas. On n'est pas obligé de travailler parce qu'on a un portefeuille. Il suffit même d'avoir un portefeuille d'ancien ministre pour ne plus travailler. Un portefeuille représente le travail, la puissance, l'autorité, l'omnipotence et l'omniscience. Lorsque Touffémont, hier soir, à la Chambre des députés — j'y étais: donc je parle en connaissance de cause — a déposé sur la tribune son portefeuille d'ancien ministre, le ministère s'est senti perdu. Que de documents accablants devait contenir le portefeuille du grand travailleur! Que de chiffres! Que de statistiques! Touffémont le déplia, mais ne tira rien de ses deux poches gonflées. De temps à autre, tout en parlant, il appuyait la main sur le portefeuille, avec l'air de dire: "Tout est là." Or, rien n'était là que les douze Africaines de Béchoux, les titres de Gassire et de vieux journaux. C'était assez. Le portefeuille de Touffémont fit tomber le ministère.

— Mais comment sais-tu?…

— Parce qu'au sortir de la Chambre, à une heure du matin, comme il s'en revenait chez lui, à pied, Touffémont fut heurté maladroitement par un quidam, et s'étala tout de son long sur le trottoir. Un autre individu, complice du quidam, ramassa le portefeuille et eut le temps de fourrer un paquet de vieux papiers à la place des titres, qu'il emporta. Ai-je besoin de te dire le nom de ce deuxième individu?»

Béchoux rit de bon cœur. L'histoire lui semblait d'autant plus plaisante, l'aventure de Touffémont d'autant plus savoureuse qu'il sentait dans sa poche les douze Africaines.

Barnett fit une pirouette et s'écria :

« Voilà tout le secret, vieux camarade, et c'est pour arriver à découvrir ces vérités pittoresques, pour respirer l'air de la maison et pour me documenter que j'ai dicté mes mémoires et pris des leçons de flûte. Semaine charmante. Flirt au troisième étage et divertissements variés au rez-de-chaussée. Gassire, Béchoux, Touffémont... petits pantins dont je tirais les ficelles. Ce qui m'a donné le plus de mal, vois-tu, c'est d'admettre que Touffémont ignorait les coupables agissements de son portefeuille, et qu'il trimbalait, à son insu, tes douze Africaines. Cela, ça me dépassait. Et la concierge, donc ! Quelle surprise pour elle ! En son for intérieur, elle doit considérer Touffémont comme le dernier des escrocs, puisqu'elle croit que Touffémont s'est "appliqué" douze Africaines et le reste du paquet. Bougre de Touffémont.

— Dois-je le prévenir ? demanda Béchoux.

— À quoi bon ? Qu'il continue donc à transporter ses vieux journaux et à dormir sur son portefeuille ! Pas un mot de cette histoire à personne, Béchoux.

— Sauf à Gassire, bien entendu, fit Béchoux, puisque aussi bien je dois le mettre au courant en lui rapportant ses titres.

— Quels titres ? dit Barnett.

— Mais les titres qui lui appartiennent et que tu as trouvés dans la serviette de M. Touffémont.

— Ah, çà ! mais tu es toqué, Béchoux ! Tu t'imagines que M. Gassire va rentrer en possession de ses titres ?

— Dame ! »

Barnett frappa la table du poing, et, subitement courroucé :

« Sais-tu ce que c'est que ton Nicolas Gassire, Béchoux ? Une fripouille, comme le fils de la concierge. Oui, une fripouille ! Il volait ses clients, Nicolas Gassire ! Il jouait avec leur argent ! Pis que cela, il se préparait à le barboter ! Tiens, voilà son billet de première classe pour Bruxelles, daté du jour même où il avait retiré de son coffre le paquet de titres, non pas pour les déposer dans une banque, comme il l'a prétendu, mais pour filer avec. Hein, qu'en dis-tu, de ton Nicolas Gassire ? »

Béchoux n'en disait rien. Depuis le vol des douze Africaines, le niveau de sa confiance en Nicolas Gassire avait singulièrement baissé. Mais tout de même il observa :

« Sa clientèle n'en est pas moins composée de braves gens. Est-il juste qu'ils soient ruinés ?

— Mais ils ne le seront pas ! Fichtre, non ! Je n'accepterais jamais une pareille iniquité !

— Eh bien ?

— Eh bien, Gassire est riche.

— Il n'a plus le sou, dit Béchoux.

— Erreur ! D'après mes renseignements, il a de quoi rembourser ses clients, et au-delà. Crois bien que, s'il n'a pas porté plainte dès le premier jour, c'est qu'il ne veut pas que la justice mette le nez dans ses affaires. Mais menace-le de prison, tu le verras se débrouiller. De l'argent ? Il est millionnaire, ton Nicolas Gassire, et le mal qu'il a fait, c'est à lui de le réparer, non pas à moi !

— Ce qui veut dire que tu as l'intention de garder... ?

— De garder les titres ? Jamais de la vie ! Ils sont déjà vendus.

— Oui, mais tu gardes l'argent ?... »

Barnett eut un accès d'indignation vertueuse :

« Pas un instant ! Je ne garde rien !

— Alors, qu'en fais-tu ?

— Je le distribue.

— À qui ?

— À des amis dans le besoin, à des œuvres intéressantes que je subventionne. Ah ! n'aie pas peur, Béchoux, l'argent de Nicolas Gassire sera bien employé ! »

Béchoux n'en doutait pas. Cette fois encore, l'aventure se terminait par une mainmise de Barnett sur le « magot ». Barnett châtiait les coupables et sauvait les innocents, mais n'oubliait pas de se payer. Charité bien ordonnée commence par soi-même.

L'inspecteur Béchoux rougit. Ne pas protester,

c'était se rendre complice. Mais, d'autre part, il sentait dans sa poche le précieux paquet des douze Africaines et il savait que, sans l'intervention de Barnett, elles eussent été perdues. Était-ce le moment de se fâcher et d'entrer en lutte?

«Que se passe-t-il? demanda Barnett. Tu n'es pas content?

— Mais si, mais si, affirma l'infortuné Béchoux. Je suis enchanté.

— Alors, puisque tout va bien, souris.»

Béchoux sourit lâchement.

«À la bonne heure, s'écria Barnett. C'est un plaisir de te rendre service et je te remercie de m'en avoir donné l'occasion. Maintenant, mon vieux, séparons-nous. Tu dois être très occupé, et moi j'attends la visite d'une dame.

— Adieu, dit Béchoux, en se dirigeant vers la porte.

— À bientôt!» fit Barnett.

Béchoux sortit, enchanté comme il disait, mais la conscience mal à l'aise, et résolu à fuir le damné personnage.

Dehors, au tournant de la rue voisine, il avisa la jolie dactylographe qui était certes la dame attendue par Barnett.

Deux jours plus tard, d'ailleurs, il aperçut Barnett au cinéma, en compagnie de la non moins jolie Mlle Haveline, professeur de flûte…

VI

LE HASARD FAIT DES MIRACLES

Chargé d'éclaircir l'affaire du Vieux-Donjon, et muni des renseignements nécessaires, l'inspecteur Béchoux prit le train du soir pour le centre de la France et descendit à Guéret, d'où une voiture l'amena le lendemain matin au bourg de Mazurech. Il commença par une visite au château, ancienne et vaste demeure construite sur un promontoire qu'entourait une boucle de la Creuse. Georges Cazévon y habitait.

Riche industriel, président du Conseil général, homme considérable par ses relations politiques, âgé tout au plus de quarante ans et bel homme, Georges Cazévon avait un masque vulgaire et des allures rondes qui commandaient le respect. Tout de suite, comme le Vieux-Donjon faisait partie de son domaine, il voulut y conduire Béchoux.

Il fallait d'abord traverser un beau parc, planté de châtaigniers, et l'on arrivait à une formidable tour en ruine, seul vestige qui restât du Mazurech féodal et qui s'élançait dans le ciel des profondeurs mêmes du défilé où la Creuse tournait lentement sur un lit de roches écroulées.

Sur l'autre rive, qui appartenait à la famille d'Alescar, se dressait, à douze mètres de distance, formant comme une digue, un mur de gros moellons, tout luisants d'humidité, que surmontait, cinq ou six mètres plus haut, une terrasse bordée d'un balcon, et où aboutissait une allée du jardin.

L'endroit était sauvage. C'est là que, dix jours auparavant, à six heures du matin, on avait trouvé sur la plus grosse des roches le cadavre du jeune comte Jean d'Alescar. Le corps ne portait d'autre blessure que celle qu'une chute peut produire à la tête d'un homme. Or, parmi les branches des arbres de la terrasse opposée, il en était une qui pendait, fraîchement cassée, le long du tronc. Dès lors, le drame se reconstituait ainsi : juché sur cette branche, le comte était tombé dans la rivière. Donc accident. Le permis d'inhumer avait été délivré.

« Mais que diable le jeune comte allait-il faire sur cet arbre ? demanda Béchoux.

— Regarder de plus haut et de plus près ce donjon qui était le berceau de la très vieille famille des Alescar », répondit Georges Cazévon.

Et il ajouta aussitôt :

« Je ne vous en dirai pas plus, monsieur l'inspecteur. Vous n'ignorez pas que c'est sur ma prière instante que la Préfecture de police vous a donné mission.

Il y a en effet de mauvais bruits qui circulent, des calomnies qui m'atteignent directement et auxquelles je veux mettre fin. Faites votre enquête. Interrogez. Surtout sonnez à la porte de Mlle d'Alescar, sœur du jeune comte et dernière survivante de la famille. Et, le jour de votre départ, venez me serrer la main. »

Béchoux ne perdit pas de temps. Il explora le pied de la tour, pénétra dans le cirque de décombres accumulés à l'intérieur par l'éboulement des planchers et de l'escalier, puis regagna le bourg, questionna, fit visite au curé et au maire, et prit son repas à l'auberge. À deux heures, il pénétrait dans l'étroit jardin qui descendait jusqu'à la terrasse et que coupait en deux une petite bâtisse sans style et délabrée qu'on appelait le Manoir. Par l'intermédiaire d'une vieille bonne, il se fit annoncer à Mlle d'Alescar et fut aussitôt reçu dans une salle basse et simplement meublée, où cette demoiselle causait avec un monsieur.

Elle se leva. Le monsieur aussi. Béchoux reconnut Jim Barnett.

« Ah ! enfin, te voilà, cher ami, s'écria Barnett joyeusement et la main tendue. Quand j'ai vu, ce matin, dans les journaux, la nouvelle de ton départ pour la Creuse, vite j'ai pris ma 40-chevaux, afin de me mettre à ta disposition, et je t'attendais. Mademoiselle, je vous présente l'inspecteur Béchoux, envoyé spécial de la Préfecture. Avec lui, vous pouvez être tranquille, il a dû déjà débrouiller toute cette affaire. Je ne connais personne d'aussi débrouillard. C'est un maître. Parle, Béchoux. »

Béchoux ne parla point. Il était abasourdi. La présence de Barnett, qui était bien la dernière chose qu'il eût envisagée, le désemparait et l'horripilait. Encore Barnett ! Toujours Barnett ! Il devait donc se heurter encore à l'inévitable Barnett et subir son exécrable collaboration ? N'était-il pas avéré que, dans toute affaire à laquelle il se mêlait, Barnett n'avait pas d'autre but que de duper et d'escroquer ?

De quoi, d'ailleurs, Béchoux eût-il parlé, puisque, jusqu'ici, il avait pataugé dans les ténèbres les plus épaisses et ne pouvait se prévaloir de la moindre découverte ?

Béchoux se taisant, Barnett reprit :

« Eh bien, voilà, mademoiselle. L'inspecteur Béchoux, qui a eu le temps d'asseoir sa conviction sur des bases sérieuses, insiste vivement auprès de vous pour que vous vouliez bien confirmer les résultats de son enquête. Comme vous et moi n'avons encore échangé que quelques mots, auriez-vous l'obligeance de dire ce que vous savez relativement au drame dont fut victime le comte d'Alescar, votre frère ? »

Élisabeth d'Alescar, grande et pâle en ses voiles de deuil, de beauté grave, avec un visage austère qui semblait tressaillir parfois de tous les sanglots qu'elle contenait, répliqua :

« J'aurais préféré garder le silence et ne pas accuser. Mais, puisque vous me conviez à ce devoir pénible, je suis prête à répondre, monsieur. »

Barnett reprit :

« Mon ami, l'inspecteur Béchoux, désirerait savoir à quelle heure exacte vous avez vu votre frère pour la dernière fois ?

— À dix heures du soir. Nous avions dîné gaiement, comme d'habitude. J'adorais Jean, qui était de quelques années plus jeune que moi et que j'avais presque élevé. Nous étions toujours heureux ensemble.

— Il sortit dans la nuit ?

— Il ne sortit qu'un peu avant l'aube, vers trois heures et demie du matin. Notre vieille bonne l'entendit.

— Vous saviez où il allait ?

— Il m'avait dit la veille qu'il allait pêcher à la ligne, du haut de la terrasse. C'était un de ses plaisirs favoris.

— Donc, sur l'espace de temps qui va de trois heures et demie au moment où l'on a découvert son corps, vous ne pouvez rien dire ?

— Si. À six heures et quart, il y a eu un coup de feu.

— En effet, certaines personnes l'ont entendu. Mais ce pouvait être quelque braconnier.

— C'est ce que je me suis dit. Inquiète cependant, je finis par me lever et m'habiller. Quand j'arrivai à la terrasse, il y avait déjà des gens en face, et on le remontait vers le parc du château, la pente étant trop difficile de notre côté.

— Cette détonation, n'est-ce pas, ne peut avoir aucun rapport avec l'événement ? Sans quoi, l'examen du corps aurait révélé la blessure faite par une balle, ce qui n'est pas le cas. »

Comme elle hésitait, Barnett insista.

« Répondez, je vous en prie. »

Elle déclara :

« Quelle que soit la réalité, je dois dire que, dans mon esprit, le rapport est certain.

— Pourquoi ?

— D'abord parce qu'il n'y a pas d'autre explication possible.

— Un accident ?...

— Non. Jean était à la fois d'une agilité extraordinaire et d'une grande prudence. Jamais il n'eût confié sa vie à cette branche beaucoup trop mince.

— Et qui cependant fut cassée.

— Rien ne prouve qu'elle le fut par lui, et cette nuit-là.

— Alors, mademoiselle, votre opinion franche, irréductible, c'est qu'il y a eu crime.

— Oui.

— Vous avez même, devant témoins, nommé le coupable.

— Oui.

— Sur quelles preuves vous appuyez-vous, voilà ce que l'inspecteur Béchoux vous demande. »

Élisabeth réfléchit quelques secondes. On sentait qu'il lui était pénible d'évoquer des souvenirs affreux. Pourtant elle se décida et dit :

« Je parlerai donc. Et pour cela il me faut rappeler un événement qui remonte à vingt-quatre années. À cette époque, mon père fut ruiné par la fuite de son notaire et dut, pour payer ses créanciers, s'adresser à un riche industriel de Guéret. Celui-ci prêta deux cent mille francs à la seule condition que le château,

le domaine et nos terres de Mazurech lui appartien-
draient s'il n'était pas remboursé cinq ans plus tard.

— Cet industriel était le père de Georges Cazévon ?

— Oui.

— Il tenait à ce château ?

— Extrêmement. Plusieurs fois il avait voulu l'acheter. Aussi, quatre ans et onze mois plus tard, lorsque
mon père mourut d'une congestion cérébrale, il prévint notre oncle et tuteur que nous avions un mois
pour nous libérer. Mon père n'avait rien laissé. On
nous expulsa, Jean et moi, et nous fûmes recueillis
précisément par notre oncle qui habitait ce manoir et
qui n'avait lui-même que de très petites rentes. Il
mourut presque aussitôt, ainsi que M. Cazévon père. »

Barnett et Béchoux avaient écouté attentivement et
Barnett insinua :

« Mon ami l'inspecteur Béchoux ne voit pas bien en
quoi tout ceci se rattache aux événements d'aujour-
d'hui. »

Mlle d'Alescar regarda l'inspecteur Béchoux avec
un étonnement un peu dédaigneux et continua sans
répondre :

« Nous vécûmes donc seuls, Jean et moi, dans ce
petit manoir, en face du donjon et du château, qui
avaient appartenu de tout temps à nos ancêtres. Ce fut
pour Jean une peine qui grandissait avec les années, à
mesure que se développaient son intelligence et sa
sensibilité d'adolescent. Il souffrait vraiment d'avoir
été chassé de ce qu'il considérait comme son fief. Au
milieu de ses jeux et de son travail, il se réservait des
journées entières pour dépouiller nos archives, pour
lire les livres qui parlaient de notre famille. Et c'est
ainsi qu'un jour, il découvrit, dans un de ces livres, un
feuillet où notre père notait les comptes de ses dernières années et marquait les sommes qu'il avait
mises de côté, à force d'économies et à la suite d'heureuses opérations de terrains. Il y avait là des reçus
d'une banque. J'allai à cette banque et j'appris que
mon père, une semaine avant sa mort, avait éteint son
compte de dépôt et retiré deux cents billets de mille
francs auxquels ce dépôt avait fini par atteindre.

— Justement la somme qu'il devait rembourser quelques semaines plus tard. Pourquoi donc a-t-il différé ce remboursement ?

— Je ne sais pas.

— Et pourquoi ne remboursait-il pas avec un chèque ?

— Je l'ignore. Mon père avait ses habitudes.

— Donc, selon vous, il aura mis ces deux cent mille francs à l'abri ?

— Oui.

— Mais à quel endroit ? »

Élisabeth d'Alescar tendit à Barnett et à Béchoux un feuillet composé d'une vingtaine de pages et couvert de chiffres.

« La réponse doit être ici », dit-elle en montrant une dernière page où il y avait un dessin représentant les trois quarts d'un cercle auquel s'ajoutait, à droite, un demi-cercle de moindre rayon.

Quatre hachures coupaient le demi-cercle. Entre deux de ces hachures, une petite croix. Tout cela, tracé d'abord au crayon, avait été repassé à l'encre.

« Que signifie ?... demanda Barnett.

— Nous avons mis bien du temps à le comprendre, répondit Élisabeth, jusqu'au jour où mon pauvre Jean devina que ce dessin représentait le plan exact, réduit à sa ligne extérieure, du Vieux-Donjon. Même disposition de deux parties inégales de cercles soudés l'un à l'autre. Les quatre hachures indiquaient quatre créneaux.

— Et la croix, acheva Barnett, indique l'endroit où le comte d'Alescar avait caché ces deux cents billets, en attendant le jour de l'échéance.

— Oui », déclara nettement la jeune fille.

Barnett réfléchit, examina le document et conclut :

« C'est fort probable, en effet. Le comte d'Alescar aura eu la précaution de noter l'emplacement choisi, et sa mort subite ne lui a pas laissé le temps d'en donner communication. Mais il vous suffisait, il me semble, d'avertir le fils de M. Cazévon et d'obtenir l'autorisation...

— De monter au sommet de la tour ? C'est ce que

nous fîmes. Georges Cazévon, avec qui nous n'entretenions que des relations assez froides, nous reçut aimablement. Mais comment monter au donjon ? L'escalier s'est écroulé il y a quinze ans. Les pierres se disjoignent. Le sommet s'effrite… Aucune échelle ni aucun ensemble d'échelles liées ensemble n'auraient pu atteindre des créneaux situés à trente mètres de hauteur. Et il ne fallait pas songer à une escalade. Il y eut entre nous des conciliabules et des ébauches de plans qui durèrent plusieurs mois et qui aboutirent…

— À une fâcherie, n'est-ce pas ? dit Barnett.

— Oui, fit-elle en rougissant.

— Georges Cazévon s'éprit de vous et demanda votre main. Refus. Brutalité de sa part. Rupture. Jean d'Alescar n'eut plus le droit de pénétrer dans le domaine de Mazurech.

— C'est ainsi, en effet, que les choses se passèrent, dit la jeune fille. Mais mon frère ne renonça pas. Il voulait cet argent, il le voulait pour racheter une partie de notre domaine, ou pour me constituer, disait-il, une dot qui me permettrait de me marier à mon gré. Cela devint chez lui une obsession. Il vécut en face de la tour. Il en contemplait inlassablement le sommet inaccessible. Il inventait mille moyens d'y parvenir. Il s'exerça au tir à l'arc, et, le matin, dès l'aube, il envoyait des flèches munies d'une ficelle avec l'espoir que la flèche retomberait de telle manière qu'une corde pourrait être attachée à la ficelle et hissée jusqu'au haut. Soixante mètres de corde même étaient préparés, tentatives sans résultats et dont l'échec le désespérait. La veille encore de sa mort, il me disait : "Si je m'acharne, vois-tu, c'est que je suis sûr du résultat. Quelque chose de favorable aura lieu. Il se produira un miracle, j'en ai le pressentiment. Ce qui est juste arrive toujours, par la force des événements ou par la grâce de Dieu." »

Barnett reprit :

« Vous croyez donc, en définitive, qu'il mourut au cours d'un nouvel essai ?

— Oui.

— La corde n'est plus où il l'avait mise ?

— Si.

— Alors quelle preuve ?...

— Cette détonation. Georges Cazévon, ayant surpris mon frère, aura tiré.

— Oh! Oh! s'écria Barnett, vous pensez que Georges Cazévon est capable d'agir ainsi?

— Oui. C'est un impulsif, qui se domine, mais que sa nature peut pousser à des excès de violence... au crime même.

— Pour quel motif aurait-il tiré? Pour dérober à votre frère l'argent conquis?

— Je ne sais pas, dit Mlle d'Alescar. Et je ne sais pas non plus comment le meurtre a pu être commis, puisque le corps de mon pauvre Jean n'offrait aucune trace de blessure. Mais ma certitude est entière, absolue.

— Soit, mais avouez qu'elle est fondée sur une intuition plutôt que sur des faits, observa Barnett. Et je dois vous dire que, sur le terrain judiciaire, cela ne suffit point. Il n'est pas impossible, n'est-ce pas, Béchoux, que Georges Cazévon, excédé, vous attaque en diffamation. »

Mlle d'Alescar se leva.

« Il importe peu, monsieur, répliqua-t-elle gravement. Je n'ai pas parlé pour venger mon pauvre frère, à qui le châtiment du coupable ne rendrait pas la vie, mais pour dire ce que je crois être la vérité. Si Georges Cazévon m'attaque, libre à lui : je répondrai cette fois encore selon ma conscience. »

Elle se tut, puis ajouta :

« Mais il se tiendra tranquille, soyez-en sûr, monsieur. »

L'entrevue était finie. Jim Barnett n'insista pas, Mlle d'Alescar n'étant point une femme que l'on intimide.

« Mademoiselle, dit-il, nous nous excusons d'avoir troublé votre solitude, mais il le fallait, hélas! pour l'établissement de la vérité, et vous pouvez être assurée que l'inspecteur Béchoux tirera de vos paroles les enseignements qu'elles comportent. »

Il salua et sortit. Béchoux salua également et le suivit.

Dehors, l'inspecteur, qui n'avait pas soufflé mot, continua de garder le silence, autant peut-être pour protester contre une collaboration qui l'irritait de plus en plus, que pour dissimuler le désarroi que lui infligeait cette ténébreuse affaire. Barnett n'en fut que plus expansif.

« Tu as raison, Béchoux, et je saisis ta pensée profonde. Dans les déclarations de cette demoiselle, il y a, pardonne-moi cette expression, à boire et à manger. Il y a du possible et de l'impossible, du vrai et de l'invraisemblable. Ainsi les procédés du jeune d'Alescar sont enfantins. Si ce malheureux enfant a gagné le sommet de la tour — et je serais tenté de le croire, contrairement à ton opinion secrète — c'est grâce à ce miracle inconcevable qu'il appelait de tous ses vœux et que nous ne pouvons pas, nous, encore imaginer. Et le problème, dès lors, se pose ainsi : comment ce jeune homme a-t-il pu, en l'espace de deux heures, inventer un moyen d'escalade, le préparer, l'exécuter, redescendre et être précipité dans le vide par l'effet d'un coup de fusil... qui ne l'a pas touché ? »

Jim Barnett répéta songeusement :

« Par l'effet d'un coup de fusil... qui ne l'a pas touché... Oui, Béchoux, il y a du prodige dans tout cela... »

Barnett et Béchoux se retrouvèrent le soir à l'auberge du village. Ils y dînèrent, chacun de son côté. Et de même, les deux jours suivants, ils ne se virent qu'aux repas. Le reste du temps, Béchoux poursuivait son enquête et ses interrogations, tandis que Barnett, contournant le jardin du Manoir, s'installait un peu plus loin que la terrasse, sur un talus de gazon d'où il apercevait le Vieux-Donjon et la rivière de la Creuse. Il pêchait ou fumait des cigarettes, en rêvassant. Pour découvrir un miracle, il faut moins en chercher les traces qu'en deviner la nature. Quel secours Jean d'Alescar avait-il pu trouver dans la faveur des circonstances ?

Mais il alla, le troisième jour, à Guéret, et il y alla

comme un homme qui sait d'avance ce qu'il va faire et à quelle porte il veut frapper.

Enfin, le quatrième jour, il rencontra Béchoux, qui lui dit:

«J'ai terminé mon enquête.

— Moi aussi, Béchoux, répondit-il.

— Je rentre donc à Paris.

— Moi aussi, Béchoux, et je t'offre une place dans mon auto.

— Soit. J'ai rendez-vous dans trois quarts d'heure avec M. Cazévon.

— Je t'y retrouverai, dit Barnett. J'en ai assez de ce patelin.»

Il régla sa note à l'auberge, se dirigea vers le château, visita le parc et fit passer à Georges Cazévon sa carte, sur laquelle il avait inscrit: «Collaborateur de l'inspecteur Béchoux.»

Il fut reçu dans un vaste hall qui occupait toute une aile et que décoraient des têtes de cerfs, des panoplies d'armes variées, des vitrines de fusils et des diplômes de tireur et de chasseur. Georges Cazévon l'y rejoignit.

«L'inspecteur Béchoux, dont je suis l'ami, dit Barnett, doit me retrouver ici. Nous avons poursuivi de concert toute l'enquête et nous repartons ensemble.

— Et l'avis de l'inspecteur Béchoux? demanda Georges Cazévon.

— Il est formel, monsieur. Rien, absolument rien, ne permet de considérer cette affaire autrement qu'elle ne le fut. Les bruits recueillis ne méritent aucun crédit.

— Mlle d'Alescar?…

— Mlle d'Alescar, selon l'inspecteur Béchoux, est éprouvée par la douleur, et ses propos ne résistent pas à l'examen.

— C'est également votre opinion, monsieur Barnett?

— Oh! moi, monsieur, je ne suis qu'un modeste auxiliaire, et mon opinion dépend de celle de Béchoux.»

Il déambulait dans le hall et regardait les vitrines, intéressé par la collection.

«De beaux fusils, n'est-ce pas? dit Georges Cazévon.

— Magnifiques.

— Vous êtes amateur?

— J'admire l'adresse surtout. Et tous vos diplômes et certificats : "Les disciples de Saint-Hubert", "Les Chasseurs de la Creuse", etc., prouvent que vous êtes un maître. C'est ce qu'on me disait hier à Guéret.

— On parle beaucoup de cette affaire à Guéret ?

— Ma foi non. Mais votre habileté de tireur y est proverbiale. »

Il prit un fusil qu'il mania et soupesa.

« Soyez prudent, dit Georges Cazévon, c'est un fusil de guerre, chargé à balle.

— À l'encontre des malfaiteurs ?

— Des braconniers, plutôt.

— Vraiment, monsieur, vous auriez le courage d'en abattre un ?

— Une jambe brisée net, ça me suffirait.

— Et c'est d'ici, d'une de ces fenêtres, que vous tireriez ?

— Oh ! les braconniers n'approchent pas de si près !

— Ce serait pourtant bien amusant ! Un plaisir royal… »

Barnett ouvrit une demi-croisée, très étroite, qui se dressait dans une encoignure.

« Tiens, s'écria-t-il, on aperçoit entre les arbres un peu du Vieux-Donjon, à deux cent cinquante mètres environ. Ce doit être la partie qui surplombe la Creuse, n'est-ce pas ?

— À peu près.

— Si, si, exactement. Tenez, je reconnais une touffe de ravenelles entre deux pierres. Vous voyez cette fleur jaune, au bout du fusil ? »

Il avait épaulé. Il tira vivement. La fleur tomba.

Georges Cazévon eut un geste d'humeur. Où voulait en venir ce « modeste auxiliaire » dont l'adresse était invraisemblable ? Et de quel droit faisait-il tout ce bruit ?

« Vos domestiques habitent l'autre extrémité du château, n'est-ce pas ? dit Barnett. Ils ne peuvent donc entendre ce qui se passe ici… Mais je regrette le souvenir cruel que je viens d'infliger à Mlle d'Alescar. »

Georges Cazévon sourit.

« Mlle d'Alescar s'obstine donc à voir une corrélation entre le coup de fusil de l'autre matin et l'accident de son frère ?

— Oui.

— Mais, cette corrélation, comment l'établit-elle ?

— Comme je viens de l'établir, moi-même, en fait. D'un côté quelqu'un posté à cette fenêtre. De l'autre son frère suspendu le long du donjon.

— Mais puisque son frère est mort d'une chute ?

— D'une chute provoquée par la démolition de telle pierre, de telle saillie où ses deux mains s'accrochaient. »

Georges Cazévon se rembrunit.

« J'ignorais que les déclarations de Mlle d'Alescar eussent un caractère aussi défini et qu'on se trouvât en présence d'une accusation formelle.

— Formelle », répéta Barnett.

L'autre le regarda. L'aplomb du modeste auxiliaire, son accent, son air de décision étonnaient de plus en plus Georges Cazévon qui se demandait si le détective n'était pas venu avec des intentions agressives. Car enfin l'entretien commencé sur un ton distrait prenait de part et d'autre une tournure d'attaque à laquelle Cazévon devait faire face.

Il s'assit brusquement et continua :

« Le but de cette escalade, suivant elle ?

— La reprise de deux cent mille francs cachés par son père à un endroit que désigne la petite croix du dessin qui vous fut montré.

— C'est une interprétation que je n'ai jamais admise, protesta Georges Cazévon. Si tant est que son père ait réuni cette somme, pourquoi l'aurait-il cachée au lieu de la rendre aussitôt à mon père ?

— L'objection a de la valeur, avoua Barnett. À moins que ça ne soit pas une somme d'argent qui fût cachée.

— Quoi alors ?

— Je l'ignore. Il faudrait procéder par l'hypothèse. »

Georges Cazévon haussa les épaules.

« Soyez sûr qu'Élisabeth et Jean d'Alescar ont fait le tour de toutes les hypothèses.

110

— Sait-on jamais ! Ce ne sont pas des professionnels comme moi.

— Un professionnel, si perspicace qu'il soit, ne peut rien créer avec rien.

— Quelquefois. Ainsi connaissez-vous le sieur Gréaume, qui tient le dépôt des journaux à Guéret et qui fut jadis comptable dans vos usines ?

— Oui. Certes, oui, un excellent homme.

— Le sieur Gréaume prétend que le père du comte Jean rendit visite au vôtre à une date qui se trouve être le lendemain du jour où il retira de sa banque les deux cent mille francs.

— Eh bien ?

— Ne pourrait-on supposer que les deux cent mille francs furent versés au cours de cette visite, et que c'est le reçu qui fut provisoirement caché au sommet du donjon. »

Georges Cazévon sursauta.

« Mais, monsieur, vous rendez-vous compte de tout ce que votre hypothèse a d'injurieux pour la mémoire de mon père ?

— En quoi donc ? dit Barnett ingénument.

— S'il avait touché cette somme, mon père l'eût annoncé en toute loyauté.

— Pourquoi ? Il n'était pas obligé de révéler autour de lui le remboursement d'un prêt qu'il avait effectué à titre personnel. »

Georges Cazévon frappa du poing sur son bureau.

« Mais il n'aurait pas, deux semaines plus tard, c'est-à-dire quelques jours après la mort de son débiteur, fait valoir ses droits sur le domaine de Mazurech !

— C'est ce qu'il fit cependant.

— Voyons, voyons ! c'est fou, ce que vous dites là. Il faut de la logique, monsieur, quand on se permet de telles affirmations. En admettant que mon père eût été capable de réclamer une somme déjà touchée, il aurait craint qu'on ne lui opposât ce reçu !

— Peut-être a-t-il appris, scanda négligemment Barnett, que personne n'en avait connaissance et que les héritiers ignoraient le remboursement. Et comme il tenait à ce domaine, m'a-t-on dit, qu'il avait juré de le conquérir, il succomba. »

Ainsi, peu à peu, avec les insinuations sournoises et tenaces de Jim Barnett, l'affaire changeait de visage. Le père Cazévon mis en cause était accusé de félonie et d'escroquerie. Frémissant de colère, très pâle, Georges Cazévon serrait les poings et observait avec stupeur ce subalterne qui, d'un ton placide, osait présenter les faits sous un jour abominable.

«Je vous défends de parler ainsi, mâchonna-t-il. Vous dites des choses au hasard.

— Au hasard? Mais non, je vous assure. Rien de ce que j'avance qui ne soit absolument réel. »

Brisant le cercle d'hypothèses et de suppositions où l'enfermait cet adversaire imprévu, Georges Cazévon s'écria:

«Mensonge! Vous n'avez pas la moindre preuve! Pour avoir la preuve que mon père ait commis cette infamie, il faudrait aller la chercher au sommet du Vieux-Donjon.

— Jean d'Alescar y est allé.

— C'est faux! Je nie qu'on puisse escalader les trente mètres de la tour — ce qui est au-dessus des forces humaines — et qu'on puisse le faire en deux heures.

— Jean d'Alescar l'a fait, répéta Barnett obstinément.

— Mais par quel moyen? proféra Georges Cazévon exaspéré. Par quel sortilège? »

Barnett laissa tomber ces quelques mots:

«Par le moyen d'une corde. »

Cazévon éclata de rire.

«Une corde? Mais c'est de la démence! Oui, en effet, cent fois je l'ai surpris, qui lançait des flèches dans l'espoir imbécile d'accrocher la corde qu'il avait préparée. Le pauvre enfant! Il n'y a pas de miracle de ce genre. Et puis, quoi, je le répète… en deux heures de temps? Et puis!… et puis cette corde, on l'aurait vue sur la tour, après l'accident, ou sur les rochers de la Creuse, elle ne serait pas au Manoir, comme elle y est, paraît-il. »

Jim Barnett répliqua, toujours tranquille :

« Ce n'est pas cette corde qui a servi.

— Laquelle alors ? s'exclama Georges Cazévon qui riait nerveusement. Car enfin, c'est donc sérieux, cette histoire ? Le comte Jean, muni de son câble enchanté, est descendu à l'aube sur la terrasse de son jardin, il a prononcé les paroles magiques, et le câble s'est déroulé, tout seul, jusqu'au sommet du donjon, afin que l'enchanteur puisse le chevaucher ? Le miracle des fakirs hindous, quoi !

— Vous aussi, monsieur, dit Barnett, vous êtes obligé d'évoquer un miracle, de même que Jean d'Alescar pour qui c'était la dernière espérance, de même que moi qui ai bâti ma conviction sur cette idée. Mais c'est un miracle qui s'est produit à l'envers de ce que vous imaginez, puisque cela n'a pas eu lieu de bas en haut, selon l'habitude et selon la vraisemblance, mais de haut en bas. »

Cazévon plaisanta :

« La Providence, alors, la Providence qui a jeté une bouée de secours à l'un de ses élus ?

— Même pas la peine d'invoquer une intervention divine, faussant les lois de la nature, prononça Barnett paisiblement, non. Le miracle est de ceux que peut susciter de nos jours le simple hasard.

— Le hasard !

— Rien ne lui est impossible. C'est la force la plus troublante et la plus ingénieuse qui soit, la plus imprévue et la plus capricieuse. Le hasard rapproche et rassemble, multiplie les combinaisons les plus insolites, et, avec les éléments les plus disparates, crée la réalité de chaque jour. Il n'y a plus que le hasard qui fasse des miracles. Et celui que je conçois est-il si extraordinaire à notre époque où il tombe du ciel autre chose que des aérolithes et de la poussière de mondes ?

— Des cordes ! ricana Cazévon.

— Des cordes, et n'importe quoi. Le fond de la mer est semé de choses qui dégringolent des navires dont la mer est sillonnée.

— Il n'y a pas de navires dans le ciel.

— Il y en a, mais qui portent d'autres noms et s'appellent ballons, aéroplanes ou dirigeables. Ils parcourent l'espace en tous sens, comme les autres parcourent la mer, et mille choses différentes peuvent en tomber ou être jetées de leur bord. Qu'une de ces choses soit un rouleau de corde, et que ce rouleau s'accroche aux créneaux du donjon, tout s'explique.

— Explication facile.

— Explication fondée. Lisez les journaux du pays, parus l'autre semaine, comme je l'ai fait hier, et vous saurez qu'un ballon libre a survolé la région dans la nuit qui précéda la mort du comte Jean. Il allait du nord vers le sud, et il s'est délesté de plusieurs sacs de sable à quinze kilomètres au nord de Guéret. Comment n'en pas déduire fatalement qu'il a jeté aussi un rouleau de corde, que l'une des extrémités de cette corde s'est engagée dans un des arbres de la terrasse, que le comte Jean, pour l'en dépêtrer, a dû casser une branche, qu'il est descendu de la terrasse, et que, tenant en main les deux extrémités et les liant l'une à l'autre, il a grimpé. Exploit difficile, mais qu'on peut admettre d'un garçon de son âge.

— Et alors ? murmura Cazévon dont toute la figure se crispait.

— Et alors, conclut Barnett, quelqu'un de fort adroit comme tireur, et qui se trouvait ici, près de la fenêtre, apercevant cet homme suspendu dans le vide, tira sur la corde et la coupa.

— Ah ! fit sourdement Cazévon, voilà comment vous envisagez l'accident ?

— Puis, continua Barnett, ce quelqu'un courut jusqu'à la rivière et fouilla le cadavre pour lui enlever le reçu, puis il saisit vivement le bout du câble qui pendait, attira tout le câble vers lui et alla jeter cette pièce à conviction dans quelque puits où la justice le retrouverait aisément. »

Maintenant l'accusation se déplaçait. Le fils, après le père, devenait l'accusé. Un lien logique, certain, irréfutable, unissait le passé au présent.

Cazévon essaya de se dégager, et se révoltant soudain contre l'homme lui-même plutôt que contre ses paroles, il s'écria :

«J'en ai assez de tout ce système incohérent d'explications commodes et d'hypothèses saugrenues. Fichez-moi le camp d'ici. J'avertirai M. Béchoux que je vous ai mis à la porte, comme un maître chanteur que vous êtes.

— Si j'avais voulu vous faire chanter, dit en riant Barnett, j'aurais commencé par exhiber mes preuves.»

Cazévon proféra, hors de lui:

«Vos preuves! Est-ce que vous en avez? Des mots, oui, des balivernes! Mais une preuve, une seule preuve qui vous permette de parler... allons donc! Des preuves? Il n'y en a qu'une qui serait valable! Il n'y en a qu'une qui nous confondrait mon père et moi!... tout votre échafaudage de sottises s'écroule si vous ne l'avez pas, celle-là, et vous n'êtes qu'un mauvais plaisant!

— Laquelle?

— Le reçu, parbleu! Le reçu signé de mon père.

— Le voici, dit Barnett en déployant une feuille de papier timbré aux plis usés et jaunis. C'est bien l'écriture de votre père, n'est-ce pas? Et le texte est formel?

«Je soussigné Cazévon Auguste reconnais avoir reçu de M. le comte d'Alescar la somme de deux cent mille francs que je lui avais prêtée. Ce remboursement le libère, sans contestation possible, de l'hypothèque qu'il m'avait consentie sur son château et sur ses terres.»

— La date correspond au jour indiqué par le sieur Gréaume. La signature y est. Donc la pièce est indiscutable, et vous deviez la connaître, monsieur, soit par des aveux de votre père, soit par des documents secrets laissés par lui. La découverte de cette pièce, c'était la condamnation de votre père, la vôtre aussi, et votre expulsion du château auquel vous tenez comme y tenait votre père. C'est pourquoi vous avez tué.

— Si j'avais tué, balbutia Cazévon, j'aurais repris ce reçu.

— Vous l'avez cherché sur le corps de votre victime. Il n'y était plus. Par prudence, le comte Jean l'avait attaché à une pierre qu'il jeta du sommet de la tour et qu'il eût ramassée ensuite. C'est moi qui la retrouvai près de la rivière, à vingt mètres de distance. »

Barnett n'eut que le temps de reculer : Georges Cazévon avait essayé de lui arracher le document.

Un moment les deux hommes s'observèrent. Barnett prononça :

« Un tel geste est un aveu. Et quelle aberration dans votre regard ! En de tels instants, comme me l'a dit Mlle d'Alescar, vous êtes évidemment capable de tout. C'est ce qui vous est arrivé l'autre jour, quand vous avez épaulé, à votre insu presque. Allons, dominez-vous. On sonne à la grille. C'est l'inspecteur Béchoux, et vous avez peut-être intérêt à ce qu'il ne sache rien. »

Un moment se passa. À la fin, Georges Cazévon dont les yeux conservaient une expression d'égarement, chuchota :

« Combien ? Combien pour ce reçu ?

— Il n'est pas à vendre.

— Vous le gardez ?

— Il vous sera rendu à certaines conditions.

— Lesquelles ?

— Je vous les dirai devant l'inspecteur Béchoux.

— Si je refuse d'y souscrire ?

— Je vous dénonce.

— Vos allégations ne tiennent pas debout.

— Essayez. »

Georges Cazévon dut sentir toute la force et l'implacable volonté de son adversaire, car il baissa la tête. Au même moment, un domestique introduisait Béchoux.

L'inspecteur, qui ne s'attendait pas à voir Barnett au château, fronça les sourcils. De quoi diable les deux hommes conversaient-ils ? Est-ce que cet odieux Barnett avait osé contredire d'avance ses assertions à lui, Béchoux ?

Cette crainte le rendit d'autant plus affirmatif dans son témoignage et, serrant avec affectation la main de Georges Cazévon, il formula :

« Monsieur, je m'étais promis de vous donner, à mon départ, le résultat de mes recherches et le sens du rapport que je ferai. Ils sont entièrement conformes à la façon dont l'affaire fut considérée jusqu'ici. »

Et reprenant les termes mêmes employés par Barnett, il ajouta :

« Les bruits propagés contre vous par Mlle d'Alescar ne méritent aucun crédit. »

Barnett approuva.

« Très bien, c'est exactement ce que j'avais annoncé à M. Cazévon. Une fois de plus, mon maître et ami Béchoux fait preuve de son habituelle perspicacité. Je dois dire, d'autre part, que M. Cazévon a l'esprit de répondre de la manière la plus généreuse aux calomnies dont il est l'objet. Il restitue à Mlle d'Alescar le domaine de ses ancêtres. »

Béchoux parut recevoir un coup de massue.

« Hein ?... Est-ce possible ?

— Très possible, affirma Barnett. Toute cette aventure a quelque peu indisposé M. Cazévon contre ce pays, et il a des vues sur un château plus voisin de ses usines de Guéret. M. Cazévon était même, quand je suis entré, sur le point de rédiger le projet de donation, et il manifestait le désir d'y ajouter un chèque de cent mille francs au porteur, lequel serait remis comme indemnité à Mlle d'Alescar. Nous sommes toujours d'accord, n'est-ce pas, monsieur Cazévon ? »

Celui-ci n'eut pas une seconde d'hésitation. Obéissant aux ordres de Barnett avec autant de promptitude que s'il eût agi de lui-même et pour sa propre satisfaction, il s'assit à son bureau, rédigea l'acte et signa le chèque.

« Voici, monsieur, dit-il, je donnerai mes instructions à mon notaire. »

Barnett reçut les deux documents, prit une enveloppe, les y enferma et dit à Béchoux :

« Tiens, porte cela à Mlle d'Alescar. Elle appréciera, j'en suis sûr, le procédé de M. Cazévon. Je vous salue, monsieur, et ne saurais trop vous dire combien Béchoux et moi sommes heureux d'un dénouement qui satisfait tout le monde. »

Il sortit prestement, suivi de Béchoux, qui, de plus en plus ahuri, murmura dans le parc :

« Alors, quoi, c'est lui qui avait tiré ?... Il reconnaît son crime ?

— T'occupe pas de ça, Béchoux, lui dit Barnett, et laisse cette affaire. Elle est réglée, et, comme tu le vois, au mieux des intérêts communs. Donc remplis ta mission auprès de Mlle d'Alescar... Demande-lui le silence et l'oubli et rejoins-moi à l'auberge. »

Un quart d'heure après, Béchoux revenait. Mlle d'Alescar avait accepté la donation et chargerait son notaire d'entrer en rapport avec le notaire de Georges Cazévon. Mais elle refusait tout argent. Indignée, elle avait déchiré le chèque.

Barnett et Béchoux partirent. Voyage rapide et taciturne. L'inspecteur s'épuisait en vaines conjectures : il n'y comprenait rien, et l'ami Barnett ne semblait guère disposé aux confidences.

À Paris, où ils arrivèrent sur le coup de trois heures, Barnett invita Béchoux à déjeuner aux environs de la Bourse. Béchoux, inerte, incapable de secouer sa torpeur, accepta.

« Commande, dit Barnett. J'ai une petite course à faire. »

L'attente ne fut pas longue. Ils mangèrent copieusement. Tout en buvant son café, Béchoux prononça :

« Il faudra que je renvoie à M. Cazévon les morceaux du chèque.

— Te donne pas cette peine, Béchoux.

— Pourquoi ?

— Le chèque n'avait aucune valeur.

— Comment cela ?

— Oui. Prévoyant le refus de Mlle d'Alescar, j'avais glissé, dans l'enveloppe, avec l'acte de donation, un vieux chèque périmé.

— Mais le vrai ? gémit Béchoux, celui que M. Cazévon a signé ?

— Je viens de le toucher à la banque. »

Jim Barnett entrouvrit son veston et montra toute une liasse de billets.

La tasse de Béchoux lui tomba des mains. Cependant il se domina.

Ils fumèrent assez longtemps, l'un en face de l'autre.

À la fin, Jim Barnett dit :

« En vérité, Béchoux, notre collaboration a été fructueuse jusqu'ici. Autant d'expéditions, autant de succès favorables à l'accroissement de mes petites économies. Je te le jure, je commence à être gêné vis-à-vis de toi, car enfin nous travaillons ensemble et c'est moi qui palpe. Voyons, Béchoux, qu'est-ce que tu dirais d'une place d'associé dans la maison ? Agence Barnett et Béchoux... Hein ? cela ne sonnerait pas mal ? »

Béchoux lui lança un regard de haine. Jamais il n'avait exécré un homme à ce point.

Il se leva, jeta un billet sur la table pour payer l'addition, puis mâchonna, en s'en allant :

« Il y a des moments où je me demande si cet individu-là n'est pas le diable lui-même.

— C'est ce que je me demande aussi parfois », dit Barnett en riant.

VII

GANTS BLANCS... GUÊTRES BLANCHES...

Béchoux sauta de son taxi et se précipita dans l'Agence comme un ouragan.

« Ah, ça ! c'est gentil ! s'écria Barnett qui accourut. On s'est quittés froidement l'autre jour et j'avais peur que tu ne fusses fâché. Alors, quoi, tu as besoin de moi ?

— Oui, Barnett. »

Barnett lui secoua vigoureusement les mains.

« Tant mieux ! Mais qu'y a-t-il donc ? Tu es tout rouge. Tu n'as pas la scarlatine ?

— Ne ris pas, Barnett. Le cas est difficile, et je voudrais en sortir à mon honneur.

— De quoi s'agit-il ?

— De ma femme.

— Ta femme ! tu es donc marié ?

— Divorcé depuis six ans.

— Incompatibilité d'humeur ?

— Non, elle obéissait à sa vocation.

— Qui était de te quitter ?

— Elle voulait faire du théâtre. Tu vois ça d'ici ? La femme d'un inspecteur de police !

— Et elle a réussi ?

— Oui, elle chante.

— À l'Opéra ?

— Aux Folies-Bergère.

— Son nom ?

— Olga Vaubant.

— La chanteuse-acrobate ?

— Oui. »

Jim Barnett exprima son enthousiasme.

« Toutes mes félicitations, Béchoux ! Olga Vaubant est une véritable artiste, qui a trouvé, avec ses chansons "disloquées", une formule nouvelle. Son dernier numéro, chanté la tête en bas : "Isidore… m'adore. Mais c'est Jaime… que j'aime" vous donne le frisson du grand art.

— Je te remercie. Tiens, voilà ce que je reçois d'elle, dit Béchoux en lisant un pneumatique griffonné au crayon et daté du matin même.

"On a volé ma chambre à coucher. Ma pauvre mère presque assassinée. Viens. — Olga.*"*

— "Presque" est une trouvaille ! » dit Barnett.

Béchoux reprit :

« Aussitôt j'ai téléphoné à la Préfecture où l'affaire est déjà connue et j'ai obtenu d'être adjoint à ceux de mes collègues qui sont sur les lieux.

— Et qu'est-ce que tu crains ? demanda Barnett.

— De la revoir, dit Béchoux d'un ton piteux.

— Tu l'aimes toujours ?

— Quand je la vois, ça me reprend… J'ai la gorge serrée… Je bafouille… Tu imagines une enquête dans ces conditions ? Je ne ferais que des bêtises.

— Tandis que tu voudrais, au contraire, rester digne en face d'elle et te montrer à la hauteur de ta réputation ?

— Justement.

— Bref, tu comptes sur moi ?

— Oui, Barnett.

— Quelle conduite mène-t-elle, ton épouse ?

— Irréprochable. N'était sa vocation, Olga serait encore Mme Béchoux.

— Et ce serait dommage pour l'art », dit gravement Jim Barnett, qui prit son chapeau.

En quelques minutes, ils atteignirent une des rues les plus calmes et les plus désertes qui avoisinent le jardin du Luxembourg. Olga Vaubant occupait le troisième et dernier étage d'une maison bourgeoise dont les hautes fenêtres du rez-de-chaussée étaient pourvues de barreaux de fer.

« Un mot encore, dit Béchoux. Renonce pour une fois à ces prélèvements qui déshonorent nos expéditions.

— Ma conscience…, objecta Barnett.

— Laisse-la tranquille, dit Béchoux, et pense à la mienne et aux reproches qu'elle me fait.

— Me crois-tu capable de dévaliser Olga Vaubant ?

— Je te demande de ne dévaliser personne.

— Même pas ceux qui le méritent ?

— Laisse à la justice le soin de les punir. »

Barnett soupira :

« C'est bien moins drôle ! Mais enfin, puisque tu le désires… »

Un agent de police gardait la porte, un autre restait dans la loge avec le couple des concierges, que l'aventure avait fâcheusement remués. Béchoux apprit que le commissaire du quartier et que deux agents de la Sûreté sortaient de la maison et que le juge d'instruction avait fait une enquête sommaire.

« Profitons de ce qu'il n'y a personne », dit Béchoux à Barnett.

Et, tout en montant, il expliquait :

« C'est ici une ancienne demeure où l'on a conservé les habitudes d'autrefois… Par exemple, la porte reste toujours close, personne n'a la clef, et on ne peut entrer qu'en sonnant. Au premier habite un ecclésiastique, au second un magistrat, et la concierge fait leur ménage. Quant à Olga, elle vit l'existence la plus respectable entre sa mère et deux vieilles bonnes qui l'ont élevée. »

On leur ouvrit. Béchoux précisa que le vestiaire menait à droite vers la chambre et le boudoir d'Olga, à gauche vers les chambres de la mère et des deux vieilles bonnes, et que, en face, il y avait un atelier de peinture transformé en gymnase, avec une barre fixe, un trapèze, des anneaux et de multiples accessoires disséminés parmi les fauteuils et les canapés.

À peine furent-ils introduits dans cette salle que quelque chose tomba d'en haut, de la verrière par laquelle le jour pénétrait. C'était un petit jeune homme qui riait et secouait, au-dessus d'un délicieux visage, une tignasse de cheveux roux ébouriffés. Sous son pyjama serré à la taille, Barnett reconnut Olga Vaubant. Elle s'écria aussitôt, avec des intonations faubouriennes :

« Tu sais, Béchoux, maman va très bien. Elle dort. Ma chère maman ! Quelle veine ! »

Elle piqua une tête qui la dressa sur ses deux bras tendus, les pieds en l'air, et elle chanta, d'une voix de contralto émouvante et enrouée : « Isidore... m'adore. Mais c'est Jaime... que j'aime. »

« Et j' t'aime bien aussi, mon brave Béchoux, dit-elle en se relevant. Oui, c'est chic à toi d'être venu si vite.

— Jim Barnett, un camarade, présenta Béchoux, qui essayait de tenir bon, mais dont l'œil humide et des tics nerveux trahissaient le désarroi.

— Parfait ! dit-elle. À vous deux, vous allez démêler toute cette histoire et me rendre ma chambre à coucher. Ça vous concerne. Ah ! à mon tour, je vous présente Del Prego, mon professeur de gymnastique, masseur, maquilleur, marchand de pommades et produits de beauté, qui fait fureur près de ces demoiselles de music-hall, et qui vous rajeunit et vous désarticule comme pas un. Salue, Del Prego. »

Del Prego s'inclina. Il avait des épaules larges, une peau cuivrée, une figure épanouie et l'allure d'un ancien clown. Il était habillé de gris, guêtré et ganté de blanc, et tenait à la main un chapeau de feutre clair. Et tout de suite, gesticulant, grasseyant, mêlant au français exotique dont il usait des mots d'espagnol, d'anglais et de russe, il voulut exposer sa méthode de dislocation progressive. Olga lui coupa la parole.

«Pas de temps à perdre. Qu'est-ce qu'il te faut comme renseignements, Béchoux?

— Tout d'abord, dit Béchoux, fais-nous voir ta chambre.

— Allons-y, et presto!»

D'un bond, elle s'accrocha au trapèze, dont l'élan la jeta sur les deux anneaux, d'où elle dégringola devant la porte.

«Nous y sommes», dit-elle.

La chambre était absolument, radicalement vide. Lit, meubles, rideaux, gravures, glaces, tapis, bibelots, plus rien. Une chambre n'est pas plus nue où les déménageurs ont opéré.

Olga pouffa de rire.

«Hein? L'ont-ils nettoyée! Jusqu'à mon jeu de brosses en ivoire, qu'ils ont raflé! On dirait qu'ils ont même emporté la poussière! Et ce que j'y tenais à ma chambre! Pur Louis XV... Achetée pièce par pièce!... Un lit où coucha la Pompadour!... Quatre gravures de Boucher!... Une commode signée!... Des merveilles, quoi!... Tout l'argent de ma tournée en Amérique y avait passé!»

Elle fit un saut périlleux sur place, secoua sa chevelure et s'écria gaiement:

«Bah! On s'en paiera une autre. Avec mes muscles en caoutchouc et ma voix éraillée, je n'suis pas en peine... Mais qu'est-ce que tu as à me reluquer ainsi, Béchoux? On dirait toujours que tu vas t'évanouir à mes pieds! Viens que je t'embrasse, et défile-moi tes questions, qu'on en finisse avant l'arrivée des types du Parquet.»

Béchoux prononça:

«Raconte ce qui s'est passé.

— Oh! ce n'est pas long, reprit-elle. Voilà. Hier soir, la demie de dix heures venait de sonner... Il faut vous dire que j'étais partie à huit heures avec Del Prego, qui m'accompagnait aux Folies-Bergère à la place de maman. Elle tricotait, maman. Donc la demie sonne. Tout à coup, un peu de bruit, du côté de ma chambre. Elle y court. À la lueur d'une lampe électrique, qui s'éteint aussitôt, elle avise un homme qui démonte le lit, et un autre qui lui dégringole sur la tête, et la renverse, tandis que le premier l'encapuchonne d'un tapis de table. Alors ils déménagent la pièce, l'un d'eux descendant les meubles au fur et à mesure. Maman ne bouge pas, ne crie pas. Elle entend une grosse auto qui démarre dans la rue, et puis elle tourne de l'œil.

— De sorte que, fit Béchoux, quand tu es revenue des Folies-Bergère... ?

— J'ai trouvé la porte d'en bas ouverte, la porte de cet appartement ouverte et maman évanouie. Tu penses, mon ahurissement !

— Les concierges ?

— Tu les connais. Deux bons vieux qui habitent là depuis trente ans et qu'un tremblement de terre ne dérangerait pas. Il n'y a que le coup de sonnette qui est capable de les réveiller la nuit. Or, ils jurent leurs grands dieux que, de dix heures du soir, heure à laquelle ils se sont endormis, jusqu'au matin, personne n'a sonné.

— Et par conséquent, dit Béchoux, qu'ils n'ont pas une seule fois tiré le cordon qui ouvre ?

— C'est ça même.

— Et les autres locataires ?

— Rien entendu, non plus.

— En fin de compte ?...

— En fin de compte, quoi ?

— Ton avis, Olga ? »

La jeune femme s'emporta.

« Tu en as de bonnes, toi ! Est-ce que c'est mon affaire d'avoir un avis ? Vrai, tu m'as l'air aussi godiche que les types du Parquet.

— Mais, fit-il interloqué, c'est à peine si on commence.

— Et tout ce que j'ai dit, bouffi, ça n'te suffit pas pour éclairer ta lanterne ? Si le dénommé Barnett est aussi gourde que toi, j' peux dire adieu à mon lit Pompadour. »

Le dénommé Barnett s'avança et lui demanda :

« Pour quel jour le désirez-vous, votre lit Pompadour, madame ?

— Comment ? » dit-elle en regardant avec surprise ce personnage un peu falot d'apparence et à qui elle n'avait accordé aucune attention.

Il spécifia d'un ton familier :

« Je voudrais savoir le jour et l'heure où vous désirez rentrer en possession de votre lit Pompadour et de toute votre chambre.

— Mais...

— Fixons la date. C'est aujourd'hui mardi. Mardi prochain, cela vous convient-il ? »

Elle ouvrait de grands yeux ronds et semblait suffoquée. Que signifiait cette proposition insolite ? Plaisanterie ou fanfaronnade ? Et tout à coup elle pouffa de rire.

« En voilà un rigolo ! D'où l'as-tu sorti, ton copain, Béchoux ? Eh bien, non, tu sais, il en a de l'estomac, le dénommé Barnett ! Une semaine ! On dirait qu'il l'a dans sa poche, mon lit Pompadour... Et tu t'imagines que je vais perdre mon temps avec des lascars comme vous ! »

Elle les poussa tous deux jusqu'au vestibule.

« Allons, décampez, et qu'on ne vous revoie plus. Je n'aime pas qu'on se paie ma tête. Quels farceurs que ces cocos-là ! »

La porte de l'atelier fut refermée bruyamment sur les deux cocos. Béchoux, désespéré, gémit :

« Il n'y a pas dix minutes qu'on est arrivés. »

Tranquillement, Barnett examinait le vestibule, tout en posant quelques questions à l'une des vieilles bonnes. Quand ils eurent descendu l'escalier, il entra dans la loge des concierges, qu'il interrogea également. Puis, une fois dehors, il sauta dans un taxi qui passait et donna son adresse de la rue de Laborde, tandis que Béchoux demeurait tout ébaubi sur le trottoir.

Si Barnett avait du prestige aux yeux de Béchoux, Olga lui en imposait davantage encore, et il ne douta point que, selon l'expression d'Olga, Barnett ne se fût tiré d'embarras par une promesse qui ne pouvait être qu'une farce.

Béchoux en eut la preuve le lendemain, quand il se rendit à l'Agence Barnett. Dans son fauteuil, les pieds sur son bureau, Barnett fumait.

« Si c'est comme ça que tu prends la chose à cœur, s'écria Béchoux furieux, nous risquons de patauger *ad æternum*. J'ai beau me démener là-bas, les types du Parquet n'y fichent goutte. Moi non plus, d'ailleurs. On est bien d'accord sur certains points, par exemple qu'il y a impossibilité matérielle, même avec une fausse clef, de pénétrer dans la maison, si on ne vous ouvre pas de l'intérieur. Et comme il n'y avait personne à l'intérieur que l'on puisse soupçonner de complicité, on arrive bien à ces deux conclusions inévitables : 1° Que l'un des deux cambrioleurs se trouvait dans la maison dès la fin de la journée précédente et qu'il a ouvert à son complice ; 2° Qu'il n'avait pu s'introduire sans être vu par l'un des concierges, puisque la porte de la maison reste toujours fermée. Mais qui est entré ? Qui servit d'introducteur ? Mystère. Alors ? »

Barnett ne se départit pas de son silence. Il paraissait absolument étranger à l'affaire. Et Béchoux continuait :

« On a établi la liste des quelques personnes venues la veille. Pour chacune d'elles, les concierges sont aussi catégoriques : toute personne entrée est ressortie. Donc aucun indice, et le cambriolage, que l'on suit dans ses diverses phases, et qui a été accompli avec des moyens si simples et une telle audace, demeure absolument inexplicable en ce qui concerne son origine même. Hein, qu'en dis-tu, de cette affaire ? »

Barnett se détira, sembla revenir à la réalité et prononça :

« Elle est délicieuse.

— Qui ? Quoi ? Qui est-ce qui est délicieuse ?

— Ta femme.

— Hein ?

— Aussi délicieuse dans la vie que sur la scène. Une animation ! Une exubérance ! Un vrai gamin de Paris… Et avec ça, du goût et de la délicatesse ! L'idée de mettre ses économies dans l'achat d'un lit Pompadour, n'est-ce pas charmant ? Béchoux, tu ne mérites pas ta veine. »

Béchoux bougonna :

« Ma veine, il y a beau temps qu'elle s'est évanouie.

— Après avoir duré ?…

— Un mois.

— Et tu te plains ? »

Le samedi, Béchoux revint à la charge. Barnett fumait, rêvassait et ne répondait pas. Enfin, le lundi, Béchoux apparut, découragé.

« Ça ne marche pas, grogna-t-il. Tous ces types-là sont idiots. Et pendant ce temps, le lit Pompadour et la chambre d'Olga doivent filer vers quelque port d'où ils seront expédiés à l'étranger et vendus un jour ou l'autre. De quoi ai-je l'air, moi, inspecteur de police, vis-à-vis d'Olga ? D'un imbécile. »

Il observa Barnett, qui regardait la fumée de sa cigarette tourbillonner vers le plafond, et il s'indigna.

« Ainsi, nous luttons contre des adversaires formidables, tels que tu n'en as jamais rencontré… des gens qui agissent avec une méthode particulière, un truc tellement au point qu'ils ont déjà dû l'employer et le perfectionner… et ça te laisse calme ? On voit, à n'en pas douter, qu'ils ont introduit quelqu'un dans la place, et tu n'essaies pas d'éclaircir leur manigance ?

— Il y a en elle, dit Barnett, quelque chose qui me plaît plus que tout.

— Quoi ? fit Béchoux.

— Son naturel, sa spontanéité. Pas de cabotinage. Olga dit ce qu'elle pense, agit selon son instinct et vit selon sa fantaisie. Je te le répète, Béchoux, c'est une créature délicieuse. »

Béchoux frappa la table d'un grand coup de poing.

« Sais-tu pour quoi tu passes à ses yeux ? Pour un crétin. Quand elle parle de toi avec Del Prego, ils rigolent à se tenir les côtes. Barnett le crétin... Barnett le bluffeur... »

Barnett soupira :

« Pénible adjectif ! Que faire pour ne plus le mériter ?

— C'est demain mardi. Il faut rendre le lit Pompadour, comme tu l'as promis.

— Fichtre, je ne sais malheureusement pas où il se trouve. Donne-moi donc un conseil, Béchoux.

— Fais arrêter les cambrioleurs. Par eux tu sauras la vérité.

— Ça, c'est plus facile, dit Barnett. Tu as un mandat ?

— Oui.

— Et des hommes à ta disposition ?

— Je n'aurais qu'à téléphoner à la Préfecture.

— Téléphone donc qu'on t'envoie aujourd'hui deux gaillards près du Luxembourg, sous les galeries de l'Odéon. »

Béchoux tressauta.

« Tu te fiches de moi ?

— Pas du tout. Mais crois-tu que je veuille passer pour un crétin aux yeux d'Olga Vaubant ? Et puis, quoi ! n'ai-je pas l'habitude de tenir mes engagements ? »

Béchoux réfléchit quelques secondes. Il avait l'impression soudaine que Barnett parlait sérieusement et que, depuis six jours, étendu dans son fauteuil, il n'avait point cessé de songer à l'énigme. Ne disait-il pas souvent qu'il y a des cas où la réflexion vaut mieux que toute enquête ?

Sans plus interroger, Béchoux demanda au téléphone un de ses amis, un nommé Albert, qui était le collaborateur le plus direct du chef de la Sûreté. Il fut convenu que deux inspecteurs seraient dirigés sur l'Odéon.

Barnett se leva et s'apprêta. Il était trois heures. Ils partirent.

« Nous allons dans le quartier d'Olga ? fit Béchoux.

— Dans la maison même.

— Mais pas chez elle ?

— Chez les concierges.»

Ils s'installèrent, en effet, au fond de la loge, après que Barnett eut recommandé aux concierges de ne pas souffler mot et de ne rien faire qui pût donner à croire que quelqu'un fût auprès d'eux. Un grand rideau qui cachait le lit les dissimula. De chaque côté, l'un et l'autre pouvaient voir toute personne à qui l'on aurait tiré le cordon, soit pour entrer, soit pour sortir.

Le prêtre du premier étage passa, puis une des vieilles bonnes d'Olga, qui allait en course, un panier sous le bras.

«Qui diable attendons-nous? murmura Béchoux. Quel est ton but?

— De t'apprendre ton métier.

— Mais...

— Ferme.»

À trois heures et demie entra Del Prego. Gants blancs, guêtres blanches, complet gris, chapeau clair. Il dit bonjour de la main aux concierges et monta. C'était l'heure où commençait la leçon de gymnastique quotidienne.

Quarante minutes plus tard, il sortait de nouveau et rentrait avec un paquet de cigarettes qu'il était allé acheter. Gants blancs... guêtres blanches...

Puis trois personnes quelconques défilèrent. Et soudain, Béchoux chuchota:

«Tiens, le voilà qui rentre encore, pour la troisième fois. Par où donc était-il ressorti?

— Mais, par cette porte, je suppose.

— Il me semble que non, cependant, déclara Béchoux, moins affirmatif... à moins que nous ayons mal observé... Qu'en penses-tu, Barnett?»

Barnett écarta le rideau et répondit:

«Je pense qu'il est temps d'agir. Va retrouver tes collègues, Béchoux.

— Je les amène?

— Oui.

— Et toi?

— Moi, je monte.

— Tu m'attends?

— Pour quoi faire?

— Mais enfin, qu'y a-t-il ?

— Tu le verras. Postez-vous tous les trois au second étage. On vous appellera.

— Alors tu marches ?

— À fond.

— Contre qui ?

— Contre des bonshommes qui n'ont pas froid aux yeux, je te le jure. Galope. »

Béchoux s'en alla. Barnett, comme il l'avait annoncé, monta les trois étages et sonna. On l'introduisit dans la salle de gymnastique où Olga achevait sa leçon sous la surveillance de Del Prego.

« Tiens, l'intrépide M. Barnett ! s'écria Olga du haut d'une échelle de corde, le tout-puissant M. Barnett. Eh bien, monsieur Barnett, m'apportez-vous mon lit Pompadour ?

— À peu de chose près, madame. Mais je ne vous gêne pas ?

— Au contraire. »

D'une agilité incroyable, méprisant le danger, elle exécuta comme en se jouant les mouvements que Del Prego lui indiquait d'une voix brève. Le professeur approuvait, critiquait, et parfois donnait l'exemple, lui-même acrobate exercé, mais plus violent que souple, et soucieux, eût-on dit, de montrer sa force qui semblait prodigieuse.

La leçon terminée, il enfila son veston, boutonna ses guêtres blanches, prit ses gants blancs et son chapeau clair.

« À ce soir, au théâtre, madame Olga.

— Tu ne m'attends donc pas aujourd'hui, Del Prego ? Tu m'y aurais conduite, puisque maman est absente.

— Pas possible, madame Olga. J'ai une séance avant de dîner. »

Il se dirigea vers la sortie, mais il dut s'arrêter. Barnett se trouvait entre la porte et lui.

« Quelques mots seulement, cher monsieur, dit Barnett, puisque le hasard favorable me met en votre présence.

— Je regrette vivement, mais...

« — Dois-je me présenter encore ? Jim Barnett, détective privé de l'Agence Barnett et Cie, un ami de Béchoux. »

Del Prego fit un pas en avant :

« Toutes mes excuses, monsieur, mais je suis un peu pressé.

— Oh ! une minute, pas davantage, le temps de faire appel à vos souvenirs.

— À propos de quoi ?

— À propos d'un certain Turc...

— Un Turc ?

— Oui, qui s'appelle Ben-Vali. »

Le professeur hocha la tête et répondit :

« Ben-Vali ? Je n'ai jamais entendu ce nom.

— Peut-être celui d'un certain Avernoff vous serait-il connu ?

— Pas davantage. Quels étaient ces messieurs ?

— Deux assassins. »

Il y eut un court silence, puis Del Prego dit en riant :

« Ce sont des sortes de personnages que je n'aime pas beaucoup fréquenter.

— On prétend, au contraire, dit Barnett, que vous connaissiez ceux-là intimement. »

Del Prego le toisa des pieds à la tête et mâchonna :

« Qu'est-ce que tout cela signifie ? Expliquez-vous donc ! Les charades m'ennuient.

— Asseyez-vous, monsieur Del Prego. Nous parlerons plus à l'aise. »

Del Prego répliqua par un geste d'impatience. Olga s'était rapprochée des deux hommes, jolie et curieuse, toute menue dans son costume de gymnastique.

« Assieds-toi, Del Prego. Pense donc qu'il s'agit de mon lit Pompadour.

— Justement, dit Barnett. Et croyez bien, monsieur Del Prego, que je ne vous propose aucune charade. Seulement, dès ma première visite ici, après le cambriolage, je n'ai pu m'empêcher d'évoquer deux faits divers dont on a beaucoup parlé dans le temps, et à propos desquels j'aimerais bien connaître votre avis. Quelques minutes suffiront. »

Barnett n'avait plus du tout son attitude ordinaire de subalterne. Le ton de sa voix prenait une autorité à laquelle on ne pouvait se soustraire. Olga Vaubant en était tout impressionnée. Del Prego fut dominé et grogna :

« Dépêchez-vous.

— Voici. »

Et Barnett commença :

« Il y a trois ans, un bijoutier en appartement, qui demeurait avec son père à l'étage supérieur d'un vaste immeuble situé au cœur de Paris, M. Saurois, était en relations d'affaires avec un certain Ben-Vali, lequel, coiffé d'un turban et vêtu d'un costume de Turc à culottes bouffantes, trafiquait sur les pierres précieuses de second ordre, topazes orientales, perles baroques, améthystes, etc. Le soir d'un jour où Ben-Vali était monté plusieurs fois chez lui, le bijoutier Saurois, en revenant du théâtre, trouva son père poignardé et ses coffrets à bijoux entièrement vides. Or, l'enquête prouva que le crime avait été commis, non pas par Ben-Vali lui-même, lequel excipa d'un alibi indiscutable, mais par quelqu'un que Ben-Vali avait dû amener dans l'après-midi. Il fut, du reste, impossible de mettre la main sur ce quelqu'un, et non plus sur le Turc. L'affaire fut classée. Vous vous le rappelez ?

— Il n'y a que deux ans que je suis arrivé à Paris, répliqua Del Prego. En outre, je ne vois pas l'intérêt… »

Jim Barnett continua :

« Dix mois auparavant, autre crime du même genre, dont la victime fut un collectionneur de médailles, M. Davoul, et dont l'auteur avait été certainement amené chez lui et caché par le comte Avernoff, Russe à bonnet d'astrakan et à longue redingote.

— Je me souviens, dit Olga Vaubant, qui était très pâle.

— Tout de suite, reprit Barnett, je crus apercevoir entre ces deux faits et le cambriolage de la chambre Pompadour, non pas une analogie frappante, mais un certain air de famille. Le vol commis aux dépens du bijoutier Saurois par l'assassin Ben-Vali et le vol commis aux dépens du collectionneur Davoul avaient été effectués par deux étrangers, et grâce à un procédé que l'on retrouvait ici, c'est-à-dire grâce à l'introduction préalable d'un ou deux complices chargés de la besogne. Mais quelle était la caractéristique de ce procédé ? Voilà ce que je ne vis pas du premier coup, et voilà ce à quoi je me suis acharné plusieurs jours dans le silence et la solitude. Avec les deux éléments que je possédais, crime Ben-Vali et crime Avernoff, il fallait établir l'idée générale d'un système qui avait dû être appliqué dans bien d'autres circonstances que j'ignorais.

— Et vous avez trouvé ? demanda Olga d'une voix passionnée.

— Oui. Et j'avoue que l'idée est rudement belle. C'est de l'art, et je m'y connais, de l'art neuf, original, et qui ne doit rien à personne… du grand art ! Tandis que la tourbe des cambrioleurs et des assassins agit en sourdine et s'introduit furtivement, ou envoie d'avance des complices : ouvriers plombiers, garçons livreurs, ou autres, qui se faufilent dans les maisons, ceux-là font leurs affaires en plein jour, la tête haute. Plus on les voit et mieux ça vaut. Ils pénètrent publiquement dans la maison, dont ils sont les familiers, où on a l'habitude de les voir. Et puis, au jour fixé, ils en sortent… Et ils entrent de nouveau… Et ils ressortent… Et ils rerentrent… Et puis, quand le chef de la bande est à l'intérieur, voilà quelqu'un qui rapplique, quelqu'un qui n'est pas celui qu'on a vu aller et venir, mais qui a tellement son apparence que l'on croit que c'est lui. Est-ce admirable ? »

Barnett s'adressait à Del Prego et lui lançait ardemment :

« C'est du génie, Del Prego, oui, du génie. Un autre, je le répète, tente le coup en tâchant de passer inaperçu, comme un rat d'hôtel, en s'habillant de couleurs neutres et d'une manière qui n'attire pas l'attention. Eux, ils ont compris qu'ils devaient se faire remarquer. Si un Russe à bonnet de fourrure, si un Turc à culottes bouffantes passe quatre fois le jour dans un escalier, personne ne comptera qu'il est entré une fois de plus qu'il n'est sorti. Or, la cinquième fois, c'est le complice qui est entré. Et personne ne s'en doute. Voilà le procédé. Chapeau bas ! Celui qui l'a imaginé et qui l'applique ainsi est un maître, et je pose en fait qu'un maître de cette envergure ne se retrouve pas deux fois. Pour moi, Ben-Vali et le comte Avernoff ne font qu'un, et alors n'est-il pas légitime de se dire que celui-là est apparu une troisième fois, sous une troisième forme, dans l'affaire qui nous occupe ? Russe d'abord, puis Ottoman… puis… qui pourrions-nous apercevoir ici ayant cette même qualité d'étranger et s'habillant de cette même façon particulière ? »

Une pause. Olga avait eu un geste indigné. Elle comprenait tout à coup le but où tendait Barnett depuis le début de ses explications, et elle protesta.

« Ça, non. Il y a là une insinuation contre laquelle je me révolte. »

Del Prego sourit, d'un air indulgent.

« Laissez donc, madame Olga… M. Barnett s'amuse…

— Évidemment, Del Prego, dit Barnett, je m'amuse, et vous avez bien raison de ne pas prendre au sérieux mon petit roman d'aventures, du moins avant d'en connaître le dénouement. Certes, je le sais bien, vous êtes étranger, vous vous habillez de manière à vous faire remarquer, gants blancs… guêtres blanches… Certes, vous avez un masque mobile, apte aux transformations, et qui vous aiderait, plus qu'un autre, à passer du Russe au Turc, et du Turc au rastaquouère. Certes, vous êtes un familier de la maison, et vos multiples fonctions vous appellent ici plusieurs fois par jour. Mais enfin, votre réputation d'honnête homme est inattaquable, et Olga Vaubant répond de vous. Aussi n'est-il aucunement question de vous accuser. Mais que faire ? Vous comprenez mon embarras ? Le seul coupable possible était vous, or, vous ne pouvez pas être coupable. N'est-ce pas, Olga Vaubant ?

— Non, non, dit-elle, les yeux brillants de fièvre et d'anxiété. Alors, qui accuser ? Quel moyen employer ?

— Un moyen très simple.

— Lequel ?

— J'ai tendu un piège.

— Un piège ? Mais comment ? »

Jim Barnett demanda :

«Vous avez eu avant-hier un coup de téléphone du baron de Laureins ?

— Oui, en effet.

— Lequel est venu vous voir hier ?

— Oui... oui...

— Et qui vous a apporté un lourd coffret d'argenterie aux armes de la Pompadour ?

— Le voici sur cette table.

— Le baron de Laureins, qui est ruiné, cherche à vendre ce coffret qu'il tient de ses ancêtres d'Étioles, et vous l'a laissé en dépôt jusqu'à demain mardi.

— Comment le savez-vous ?

— C'est moi, le baron. Vous avez donc montré et fait admirer cette merveilleuse argenterie autour de vous ?

— Oui.

— D'autre part, votre mère a reçu de province un télégramme la suppliant de venir auprès d'une sœur malade ?

— Qui vous l'a dit ?

— C'est moi qui ai envoyé le télégramme. Donc, votre mère partie le matin, le coffret placé dans cette pièce jusqu'à demain, quelle tentation, pour celui de vos familiers qui a réussi le cambriolage de votre chambre, de recommencer son coup d'audace et d'escamoter, ce qui est beaucoup plus facile, ce coffret d'argenterie.»

Olga prit peur subitement et s'écria :

«Et la tentative a lieu ce soir ?

— Ce soir.

— Mais c'est effrayant !» dit-elle d'une voix tremblante.

Del Prego, qui avait écouté sans broncher, se leva et dit :

«Il n'y a rien là d'effrayant, madame Olga, puisque vous êtes avertie. Il suffit de prévenir la police. Si vous le permettez, j'y vais de ce pas.

— Fichtre non ! protesta Barnett. J'ai besoin de vous, Del Prego.

— Je ne vois guère en quoi je puis vous être utile.

— Comment! Mais pour l'arrestation du complice.

— Nous avons le temps, puisque le coup est pour ce soir.

— Oui, mais rappelez-vous que le complice est introduit d'avance.

— Il serait donc déjà entré?

— Depuis une demi-heure.

— Allons donc! Depuis mon arrivée?

— Depuis votre seconde arrivée.

— C'est incroyable.

— Je l'ai vu passer, comme je vous vois.

— Il se cacherait donc dans cet appartement?

— Oui.

— Où?»

Barnett tendit le doigt vers la porte.

«Là. Il y a dans le vestibule un placard encombré de vêtements et de robes, où l'on n'a guère l'occasion de pénétrer l'après-midi. Il y est.

— Mais il n'a pas pu entrer seul?

— Non.

— Qui lui a ouvert?

— Toi, Del Prego.»

Certes, il était visible, depuis le début de la conversation, que toutes les paroles de Barnett visaient le professeur de gymnastique, et que toutes constituaient des allusions de plus en plus précises. Cependant la brusquerie de l'attaque fit sursauter Del Prego. Son visage exprima le tumulte des sentiments qui s'entrechoquaient en lui et qu'il avait pu dissimuler jusquelà: fureur, inquiétude, envie forcenée d'agir... Barnett, devinant son hésitation, en profita pour courir dans le vestibule et pour extraire de son placard un homme qu'il poussa vers l'atelier.

«Ah! s'écria Olga. C'était donc vrai?»

L'homme, de même taille que Del Prego, était vêtu de gris comme lui et guêtré de blanc comme lui. Même sorte de visage gras et mobile.

«Vous oubliez votre chapeau et vos gants, monseigneur», dit Barnett qui lui colla sur la tête un feutre clair et lui tendit ses gants blancs.

Olga, stupéfaite, s'éloignait pas à pas, et, sans quitter des yeux les deux hommes, montait à reculons les degrés d'une échelle. Elle se rendait compte soudain de ce qu'était Del Prego et des dangers qu'elle avait courus près de lui.

« Hein, lui dit Barnett en riant, c'est drôle ? Ils ne se ressemblent pas comme des jumeaux, mais avec leur stature pareille, leur visage d'anciens clowns, et surtout leur accoutrement identique, c'est tout à fait comme des frères. »

Les deux complices revenaient peu à peu de leur désarroi. Somme toute, ils n'avaient en face d'eux, qui étaient forts et puissants, qu'un seul adversaire, lequel faisait piètre figure avec sa redingote étriquée et son aspect de petit employé de commerce.

Del Prego bredouilla une phrase en langue étrangère que Barnett interpréta aussitôt.

« Pas la peine de parler russe, dit-il, pour demander à ton acolyte s'il a son revolver... »

Del Prego tressaillit de rage et dit quelques mots dans une autre langue.

« Tu joues de malheur ! s'exclama Barnett. Je connais le turc comme ma poche ! Et puis, j'aime autant te prévenir : dans l'escalier, il y a Béchoux, que tu connais, le mari d'Olga, et deux de ses camarades. Une détonation et ils surgissent. »

Del Prego et l'autre échangèrent un coup d'œil. Ils se sentaient perdus. Cependant ils étaient de ceux qui ne lâchent pas prise avant d'avoir touché des deux épaules, et, immobiles en apparence, par déplacements imperceptibles, ils se rapprochèrent de Barnett.

« À la bonne heure ! s'écria celui-ci, la lutte à bras-le-corps... la lutte acharnée... Et alors une fois que je serai hors de combat, vous essaierez de brûler la politesse à Béchoux. Attention, madame Olga ! Vous allez assister à quelque chose de splendide ! Les deux colosses contre le gringalet. Les deux Goliath contre David... Vas-y donc, Del Prego ! Plus vite que ça ! Allons, un peu de courage ! Saute-moi à la gorge ! »

Trois pas les séparaient. Les deux bandits crispaient leurs doigts. Une seconde de plus, et ils s'élançaient.

Barnett les prévint. Il piqua une tête sur le parquet,

saisit chacun d'eux par une jambe et les renversa comme des mannequins. Avant même qu'ils eussent le temps de se défendre, ils sentirent que leurs têtes étaient clouées par une main qui leur parut plus implacable qu'un crampon de fer. Ils râlèrent tout de suite. Ils étouffaient. Leurs bras n'avaient plus la moindre force.

«Olga Vaubant, dit Barnett avec un calme surprenant, ayez l'obligeance d'ouvrir et d'appeler Béchoux.»

Olga se laissa tomber de son échelle et courut vers la porte aussi vite que le lui permettaient ses forces défaillantes.

«Béchoux! Béchoux!» cria-t-elle.

Et, rentrant avec l'inspecteur, pleine à la fois d'enthousiasme et d'effroi, elle lui dit:

«Ça y est! Il les a "torpillés", à lui tout seul! Si jamais j'aurais cru ça de lui!...

— Tiens, dit Barnett à Béchoux, voilà tes deux clients. Tu n'as qu'à leur passer la chaîne au poignet, afin que je les laisse respirer, les pauvres diables! Non, ne les serre pas trop, Béchoux! Je t'assure qu'ils seront raisonnables. N'est-ce pas, Del Prego? On n'a pas envie de rouspéter?...»

Il se releva, baisa la main d'Olga, qui le contemplait d'un œil ébaubi, puis s'écria gaiement:

«Ah! Béchoux, quelle belle chasse aujourd'hui! Deux grands fauves, parmi les plus grands et les plus rusés! Del Prego, tous mes compliments pour la façon dont tu travailles.»

Du bout de ses doigts raidis, il lançait de petites pointes amicales dans la poitrine du professeur, que Béchoux tenait solidement à l'aide d'un cabriolet, et il continuait avec une joie croissante:

«C'est du génie, je le répète. Tiens, tout à l'heure, dans la loge des concierges où nous guettions, j'ai bien vu, moi qui connaissais ton truc, que le dernier arrivant n'était pas toi. Mais Béchoux, après une seconde d'incertitude, est tombé dans le panneau et a cru que ce monsieur à guêtres blanches, à gants blancs, à chapeau clair et à veston gris, était bien le Del Prego qu'il avait vu passer plusieurs fois, ce qui permit au Del Prego numéro deux de monter tranquillement, de se glisser par la porte que tu n'avais pas refermée et de filer dans le placard. Exactement comme au soir où la chambre à coucher s'évanouissait dans les ténèbres… Et tu oserais me dire que tu n'as pas de génie ? »

Décidément, Barnett ne pouvait plus contenir sa joie exubérante. Un bond formidable le mit à cheval sur le trapèze, d'où il sauta sur une perche immobile autour de laquelle il tourna comme une girouette. Il attrapa la corde à nœuds, puis les anneaux, puis l'échelle, tout cela dans un mouvement vertigineux comparable aux pirouettes d'un singe dans sa cage. Et rien n'était plus comique que les basques de sa vieille redingote qui flottaient et virevoltaient derrière lui, raides et ridicules.

Olga, de plus en plus confondue, le retrouva soudain planté devant elle.

« Tâtez mon cœur, jolie dame… Aucune précipitation, n'est-ce pas ? Et mon crâne ? Pas une goutte de sueur. »

Il saisit l'appareil téléphonique et demanda un numéro :

« La Préfecture de police, s'il vous plaît… Service des recherches… à la Sûreté… Ah ! c'est toi, Albert ? C'est moi, Béchoux. Tu ne reconnais pas ma voix ? N'importe ! Préviens que l'inspecteur Béchoux a arrêté deux assassins qui sont les auteurs du cambriolage Olga Vaubant. »

Il tendit la main à Béchoux.

« Toute la gloire pour toi, mon vieux. Madame, je vous salue. Tu as l'air de me faire grise mine, Del Prego ? »

Del Prego bougonna :

« Je pense qu'il n'y a qu'un type capable de me rouler ainsi.

— Qui donc ?

— Arsène Lupin. »

Barnett s'exclama :

« À la bonne heure, Del Prego, voilà de la fine psychologie. Ah ! toi, tant que tu ne "perdras pas la tête", il y aura de la ressource! Seulement, voilà, elle ne colle plus très bien à tes épaules.»

Il éclata de rire, salua Olga et sortit d'un pas léger en chantonnant :

«Isidore… m'adore. Mais c'est Jaime… que j'aime.»

Le lendemain, Del Prego, harcelé de questions et accablé de preuves, désignait le hangar de banlieue où il avait enfermé la chambre à coucher d'Olga Vaubant. C'était un mardi. Barnett avait tenu sa promesse.

Durant quelques jours, Béchoux fut obligé de se rendre en province pour son service. En revenant, il trouvait un mot de Barnett :

«Avoue que j'ai été chic! Pas un sou de bénéfice dans l'affaire! Aucun de ces prélèvements qui t'affligent! Mais, d'un autre côté, quelle récompense si je garde ton estime!…»

L'après-midi, Béchoux, résolu à rompre toute relation avec Barnett, se dirigea vers l'agence de la rue de Laborde.

Elle était close et barrée d'une affiche :

Fermée pour cause de flirt.
Réouverture après la lune de miel.

«Que diable cela veut-il dire?» grogna Béchoux, non sans une inquiétude secrète.

Il courut chez Olga. Porte close également. Il courut aux Folies-Bergère. Là on lui annonça que la grande artiste avait payé un dédit important et venait de partir en voyage.

«Crénom de crénom! bredouilla Béchoux quand il fut dans la rue. Est-ce que ce serait possible? À défaut d'un prélèvement en argent, aurait-il profité de sa victoire, et s'est-il permis de séduire…?»

Épouvantable soupçon! Détresse sans pareille! Comment savoir? Ou plutôt, comment agir pour ne pas savoir et pour ne pas acquérir une certitude que Béchoux craignait plus que tout?

Mais, hélas! Barnett ne lâchait pas sa proie. Et, à

diverses reprises, Béchoux reçut des cartes postales illustrées et annotées avec un enthousiasme délirant :

«*Ah! Béchoux, un clair de lune à Rome! Béchoux, si jamais tu aimes, viens en Sicile...*»

Et Béchoux grinçait des dents :
«Gredin! Je t'ai tout pardonné. Mais cela, jamais. À bientôt la revanche!...»

VIII

BÉCHOUX ARRÊTE JIM BARNETT

Béchoux s'engouffra sous la voûte de la Préfecture, traversa des cours, monta des escaliers, et, sans même frapper, ouvrit une porte, se rua vers son chef direct, et balbutia, la figure décomposée par l'émotion :
«Jim Barnett est dans l'affaire Desroques! Je l'ai vu devant la maison du député Desroques, de mes yeux vu.
— Jim Barnett?
— Oui, le détective dont je vous ai parlé plusieurs fois, chef, et qui a disparu depuis quelques semaines.
— Avec la danseuse Olga?
— Oui, mon ancienne femme, s'écria Béchoux, emporté par la colère.
— Et alors?
— Je l'ai filé.
— Sans qu'il s'en doute?
— Un homme filé par moi ne s'en doute jamais, chef. Et cependant, tout en ayant l'air de flâner, il en prenait, des précautions, le brigand! Il a contourné la place de l'Étoile, il a suivi l'avenue Kléber et il s'est arrêté au rond-point du Trocadéro, près d'une femme assise sur un banc, une sorte de bohémienne, jolie, pittoresque avec son châle de couleur et le casque de ses cheveux noirs. Au bout d'une minute ou deux, ils ont parlé, sans remuer les lèvres presque,

et en désignant du regard, plusieurs fois, une maison située au coin de l'avenue Kléber et de la place. Puis il s'est levé et il a pris le métro.

— Toujours filé par vous ?

— Oui. Malheureusement un train passait, dans lequel je n'ai pu, moi, monter à temps. Quand je suis revenu au rond-point, la bohémienne était partie.

— Mais cette maison qu'ils surveillaient, vous y avez été ?

— J'en arrive, chef. »

Et Béchoux scanda pompeusement :

« Au quatrième étage de cette maison, dans un appartement meublé, habite, depuis quatre semaines, le père de l'inculpé, le général en retraite Desroques, lequel, comme vous le savez, est venu de province pour défendre son fils accusé de rapt, de séquestration et d'assassinat. »

La phrase fit de l'effet, et le chef reprit :

« Vous vous êtes présenté chez le général ?

— Il m'a ouvert lui-même la porte, et tout de suite, je lui ai exposé la petite scène à laquelle j'avais assisté. Il n'en fut pas surpris. La veille, une bohémienne était venue le voir et lui avait offert ses services de chiromancienne et de tireuse de cartes. Elle lui demandait trois mille francs et devait attendre la réponse aujourd'hui, sur la place du Trocadéro, entre deux et trois heures. Au premier signal, elle serait montée.

— Et que proposait-elle ?

— Elle se faisait fort de découvrir et d'apporter la fameuse photographie.

— La photographie que nous cherchons inutilement ? s'exclama le chef.

— Celle-là même, celle qui confondrait ou sauverait le député Desroques, selon qu'on se place au point de vue de l'accusation ou au point de vue de la défense représentée par le père. »

Un long silence suivit. Et le chef murmura, d'une voix de confidence :

« Vous savez, Béchoux, quel prix nous attachons à la possession de cette photographie ?

— Je le sais.

— Plus encore que vous ne pouvez le savoir. Il faut, vous entendez, Béchoux, il faut que cette photographie passe par nos mains avant d'être livrée au Parquet.»

Et il ajouta, plus bas encore :

«La police d'abord…»

Béchoux répliqua, du même ton solennel :

«Vous l'aurez, chef, et je vous livrerai en même temps le détective Barnett.»

Un mois auparavant, le financier Véraldy, un des rois de Paris, grâce à sa fortune, à ses relations politiques, à la hardiesse et au succès de ses entreprises, avait attendu vainement sa femme à l'heure du déjeuner. Le soir, elle n'était pas encore rentrée, et, de toute la nuit, on ne la vit point. La police fit des recherches, et l'on établit de la façon la plus précise que Christiane Véraldy, qui demeurait près du Bois de Boulogne et s'y promenait chaque matin, avait été accostée par un monsieur dans une allée déserte et entraînée par lui vers une automobile fermée que l'agresseur emmenait aussitôt, à grande allure, du côté de la Seine.

Le monsieur, dont personne n'avait discerné le visage, et qui semblait jeune de tournure, était vêtu d'un pardessus gros bleu et coiffé d'une cape noire. Pas d'autre indication.

Deux jours s'écoulèrent. Aucune nouvelle.

Puis, coup de théâtre. Une fin d'après-midi, des paysans qui travaillaient non loin de la route de Chartres à Paris, aperçurent une automobile qui filait avec une rapidité extraordinaire. Soudain, des clameurs. Ils eurent la vision d'une portière qui s'ouvre et d'une femme qui est projetée dans le vide.

Ils s'élancèrent aussitôt.

En même temps, la voiture montait sur le talus, entrait dans une prairie, s'accrochait à un arbre et capotait. Un monsieur, sain et sauf par miracle, en surgissait, qui se mettait à courir vers la femme.

Elle était morte. Sa tête avait porté sur un tas de cailloux.

On la transporta jusqu'au bourg voisin et l'on avertit la gendarmerie. Le monsieur ne fit aucune difficulté pour donner son nom : c'était le député Jean Desroques, parlementaire considérable et chef de l'opposition. La victime n'était autre que Mme Véraldy.

Tout de suite la bataille s'engagea, ardente et haineuse de la part du mari, non moins ardente peut-être du côté de la justice, que stimulaient certains ministres intéressés à la perte du député Desroques. L'enlèvement ne faisait aucun doute, puisque Jean Desroques était vêtu de bleu et coiffé d'une cape noire comme l'agresseur de Christiane Véraldy. Quant à l'assassinat, le témoignage des paysans était catégorique : ils avaient vu le bras de l'homme qui poussait la femme. La levée de l'immunité parlementaire fut demandée.

L'attitude de Jean Desroques donnait à l'accusation une force singulière. Sans détours, il avoua le rapt et la séquestration. Mais il opposa un démenti absolu au témoignage des paysans. Selon lui, Mme Véraldy avait sauté d'elle-même hors de la voiture, et il avait fait l'impossible pour la retenir.

Sur les motifs de ce suicide, sur les circonstances de l'enlèvement, sur ce qui s'était passé durant les deux jours de l'absence, sur les régions parcourues, sur les péripéties qui avaient précédé le dénouement tragique, il se tut obstinément.

On ne put établir où et comment il avait connu Mme Véraldy, et même si elle le connaissait, puisque le financier Véraldy n'avait jamais eu l'occasion de lui serrer la main.

Si on le pressait de questions, il répondait :

« Je n'ai rien de plus à dire. Croyez ce que vous voudrez. Faites de moi ce qu'il vous plaira. Quoi qu'il arrive, je ne dirai rien. »

Et il ne se présenta pas devant la commission de la Chambre des députés.

Le lendemain, lorsque les agents de la police, parmi lesquels Béchoux, vinrent sonner à la porte de son domicile, il ouvrit lui-même et déclara :

« Je suis prêt à vous suivre, messieurs. »

On fit une perquisition minutieuse. Dans la cheminée de son cabinet de travail, un monceau de cendres attestait que beaucoup de papiers avaient été brûlés. On fouilla les tiroirs. On vida les meubles. On secoua les livres de la bibliothèque. On ficela des liasses de documents.

Jean Desroques suivait d'un œil indifférent cette fastidieuse besogne. Un seul incident marqua la scène, mais violent et significatif. Béchoux, plus habile que ses collègues, ayant saisi dans un vide-poches un mince rouleau de papier qui semblait traîner là par hasard, et cherchant à l'examiner, Jean Desroques bondit et le lui arracha des mains.

«Vous voyez bien que ça n'a aucune importance! C'est une photographie... une vieille photographie décollée de son carton.»

Béchoux réagit avec d'autant plus de vigueur que l'agitation de Desroques lui paraissait plus anormale, et il voulut reprendre le rouleau. Mais le député sortit en courant, ferma la porte derrière lui et passa dans l'antichambre voisine où veillait un gardien de la paix. Béchoux et ses camarades l'y rejoignirent aussitôt. Il y eut discussion. On visita les poches de Jean Desroques; le rouleau de papier qui contenait la photographie n'y était pas. On questionna le gardien de la paix : il avait barré le passage du fugitif et, pour ce qui était du document cherché, n'avait rien vu. Mis sous mandat, le député Desroques fut emmené.

Voilà le drame, dans ses lignes essentielles. Il fit tant de bruit à l'époque (un peu avant la grande guerre) qu'il est inutile de rappeler des détails que personne n'ignore et de noter les phases d'une instruction judiciaire qui n'aurait abouti à aucun résultat sans l'intervention de Béchoux. Il ne s'agit nullement ici de démêler l'affaire Desroques, mais de mettre en relief l'épisode secret qui en provoqua le dénouement public, tout en terminant le duel de Béchoux contre son adversaire, le détective Barnett.

Cette fois, Béchoux avait au moins un gros atout, puisqu'il voyait dans le jeu de Barnett, qu'il connaissait la manière dont celui-ci allait attaquer, et que la partie se jouait sur le terrain même dont Béchoux prenait possession. Le lendemain, en effet, annoncé par le préfet de police lui-même, il sonnait chez le général Desroques.

Un domestique, à gros ventre, l'air d'un notaire de province dans sa redingote noire, ouvrit. Il introduisit Béchoux qui, de deux à trois heures, posté derrière une fenêtre, épia la place du Trocadéro. La bohémienne n'y parut point. Le jour suivant non plus. Peut-être Barnett se défiait-il.

Béchoux s'obstina, d'accord avec le général Desroques. C'était un homme mince et grand, de figure énergique, qui gardait sous sa jaquette grise un air de vieil officier, un de ces hommes froids qui parlent peu à l'ordinaire, mais qui, sous l'empire de certaines passions, s'exaltent et discourent avec violence. Or, sa plus grande passion, c'était son fils. L'innocence de Jean Desroques ne faisait aucun doute pour lui. Dès son arrivée à Paris, il l'avait proclamée dans des interviews qui avaient ému l'opinion publique.

«Jean est incapable d'une mauvaise action. Jean n'a qu'un défaut, c'est l'excès même de sa probité. Par scrupule, il peut se laisser aller jusqu'à l'oubli total de lui-même et de ses intérêts. Et cela va si loin que je refuse de le voir dans sa cellule ou de m'entretenir avec son avocat, et que je ne tiens aucun compte de ses objurgations. Je suis venu non pour me concerter avec lui, mais pour le défendre contre lui. Chacun son honneur. Si le sien est de se taire, le mien m'oblige à préserver notre nom de toute souillure.»

Et, un jour où on le pressait de questions, il s'écria :

«Vous voulez mon opinion? La voici, tout crûment. Jean n'a enlevé personne : on l'a suivi de plein gré. Il garde le silence pour ne pas accuser quelqu'un qui est mort, et avec qui il était, j'en suis convaincu, en relations intimes. Que l'on cherche et l'on trouvera.»

Il cherchait, lui, avec acharnement, et il disait à Béchoux :

«Un peu partout j'ai des amis puissants et dévoués qui se consacrent à cette enquête, enquête aussi restreinte que la vôtre, monsieur l'inspecteur, puisqu'il ne nous manque, comme à vous, qu'une preuve, la fameuse photographie. Toute l'affaire est là. Une conjuration s'est formée, et vous ne l'ignorez pas, entre le financier Véraldy et les ennemis politiques de mon fils, aidés par certains membres du gouvernement, afin de trouver le document qui doit le perdre. On a tout bouleversé dans son appartement et fouillé dans toute la maison. Véraldy a offert une fortune à qui donnerait l'indication utile. Attendons. Le jour où le but sera atteint, nous aurons la preuve éclatante que mon fils est innocent. »

Pour Béchoux, il importait peu que cette innocence fût établie ou non. Sa mission consistait à intercepter la photographie, et Béchoux pensait bien que, s'il y avait là une preuve en faveur du député Desroques, ses ennemis sauraient bien la faire disparaître. Aussi Béchoux, esclave de son devoir, veillait. Il attendait la bohémienne qui ne venait pas. Il épiait Barnett, qui demeurait invisible. Et il notait les paroles du général Desroques, lequel, de son côté, racontait ses démarches, ses déceptions et ses espoirs.

Un jour, le vieil officier qui semblait pensif, apostropha Béchoux. Il y avait du nouveau.

«Monsieur l'inspecteur, mes amis et moi nous sommes arrivés à cette conviction que le seul individu qui pourrait émettre un avis sur la disparition de la photographie, c'est le gardien de la paix qui a barré le passage à mon fils, le jour de l'arrestation. Or, chose curieuse, le nom de ce gardien de la paix, personne n'a pu nous le dire. On l'avait réquisitionné en passant, dans son commissariat, pour avoir un homme de renfort. Qu'est-il advenu de lui ? On l'ignore, du moins parmi vos collègues. Mais on le sait en haut lieu, monsieur l'inspecteur, et nous avons acquis la certitude que cet agent a été questionné et qu'il est l'objet d'une surveillance quotidienne. Il paraîtrait qu'on a perquisitionné chez lui aussi, et dans sa famille, et que tous ses vêtements, tous ses meubles ont été examinés. Et puis-je vous dire le nom d'un des inspecteurs qui furent chargés de cette surveillance ? L'inspecteur Béchoux, ici présent. »

Béchoux n'avoua ni ne démentit. Sur quoi, le général s'écria :

« Monsieur Béchoux, votre silence me montre la valeur de mes renseignements. Je suis certain qu'on voudra leur donner la suite qu'ils comportent et qu'on vous permettra de m'amener cet agent. Avertissez qui de droit. En cas de refus, j'aviserai… »

Béchoux se chargea volontiers de la mission. Son plan ne se réalisait pas. Que devenait Barnett ? Quel rôle jouait-il dans l'affaire ? Barnett n'était pas homme à rester inactif, et tout à coup on se trouverait en face de lui, et il serait trop tard.

Il obtint pleins pouvoirs de ses chefs. Deux jours après, Sylvestre, le valet de chambre, introduisait Béchoux et le gardien de la paix Rimbourg, brave homme à l'air placide dans son uniforme, revolver et bâton blanc sur les hanches.

L'entrevue fut longue et n'apporta aucune indication utile. Rimbourg fut catégorique, il n'avait rien vu. Cependant il révéla un détail qui fit comprendre au général pourquoi l'on avait surveillé cet homme : il devait son emploi à la protection du député Desroques, qu'il avait connu au régiment.

Le général supplia, se mit en colère, menaça, parla au nom de son fils. Rimbourg ne s'émut pas. Il n'avait pas vu la photographie et le député Desroques, dans son agitation, ne l'avait même pas reconnu. De guerre lasse, le général céda.

« Je vous remercie, dit-il, et je voudrais vous croire, mais il y a dans le fait de vos relations avec mon fils une telle coïncidence que je conserve des doutes. »

Il sonna.

« Sylvestre, accompagnez M. Rimbourg. »

Le domestique et le gardien de la paix sortirent. On entendit la porte du vestibule se refermer. À ce moment, Béchoux, rencontrant les yeux du général Desroques, crut voir que ces yeux avaient une expression goguenarde. Joie saugrenue que rien ne justifiait. Cependant…

Quelques secondes s'écoulèrent et, soudain, il se produisit un phénomène ahurissant, que Béchoux contempla d'un œil stupide, tandis que décidément le général souriait. Au seuil de la pièce, dont la porte était restée ouverte, avançait une forme étrange, des bras qui marchaient de chaque côté d'une tête, située en bas, un torse rond comme une boule, et deux jambes minces qui gigotaient vers le plafond.

La forme se redressa brusquement et pivota comme une toupie, sur la pointe d'un pied contre lequel l'autre s'appuyait. C'était le domestique Sylvestre, pris de folie brusque, et qui tournoyait à la façon d'un derviche, son gros ventre secoué d'un rire qui s'exhalait par une bouche ouverte en large entonnoir.

Mais était-ce bien Sylvestre? Béchoux, devant cette extravagante vision, commençait à sentir son crâne qui perlait de sueur. Était-ce bien Sylvestre, le valet de chambre bedonnant, à tournure de notaire provincial?

Il s'arrêta net, planta sur Béchoux ses yeux écarquillés et ronds, défit comme un masque le rictus qui tordait son visage, déboutonna sa redingote et son gilet, dégrafa son ventre de caoutchouc, passa un veston que lui tendit le général Desroques et, regardant de nouveau Béchoux, exprima ce jugement sévère:

«Béchoux est une poire.»

Béchoux ne s'indigna pas. Par son attitude pitoyable, il acquiesçait aux pires injures. Il conclut simplement:

«Barnett…

— Barnett», répondit l'autre.

Le général Desroques riait de bon cœur. Barnett lui dit:

«Vous m'excuserez, mon général. Mais quand je réussis, j'ai un trop-plein de joie qui se manifeste par de petits exercices acrobatiques ou chorégraphiques parfaitement ridicules.

— Alors, vous avez réussi, monsieur Barnett?

— Je le crois, dit Barnett, et grâce à mon vieil ami Béchoux. Mais ne le faisons pas attendre. Commençons par le commencement.»

Barnett s'assit. Le général et lui allumèrent des cigarettes, et il prononça gaiement:

«Eh bien, voilà, Béchoux. C'est en Espagne que je reçus d'un ami commun une dépêche me demandant mon concours pour le général Desroques. J'étais en voyage amoureux, tu te rappelles, avec une dame charmante, mais l'amour de part et d'autre languissait un peu. Je saisis cette occasion de reprendre ma liberté, et je revins en compagnie d'une adorable bohémienne rencontrée à Grenade. Tout de suite, l'affaire me plut, pour cette raison que tu t'en occupais, et très vite j'arrivai à cette conclusion que s'il existait, contre le député Desroques ou en sa faveur, une preuve quelconque, on devait la demander au gardien de la paix qui avait barré le passage. Or là, je te l'avoue, Béchoux, malgré tous mes moyens d'action et toutes les ressources dont je dispose, je n'ai pu réussir à connaître le nom de ce brave homme. Comment faire ? Les jours passaient. L'épreuve devenait dure pour le général et pour son fils. Un seul espoir, toi. »

Béchoux ne remuait pas, anéanti. Il se sentait la victime de la plus détestable mystification. Aucun remède. Aucune réaction possible. Le mal était fait.

« Toi, Béchoux, répéta Jim Barnett. Toi qui savais évidemment. Toi que l'on avait chargé, nous le savions, de "cuisiner" le gardien de la paix. Mais comment t'attirer ici ? Facile. Je me suis mis un jour sur ton chemin. Je me fis suivre par toi jusqu'à cette place du Trocadéro où stationnait ma jolie bohémienne. Quelques mots échangés à voix basse, quelques regards vers cette maison… et tu tombais dans le panneau. L'idée de me pincer ou de pincer ma complice t'animait d'une belle ardeur. Ton poste de bataille fut ici, près du général Desroques et près de son valet de chambre Sylvestre, c'est-à-dire près de moi, qui, de la sorte, pouvais te voir chaque jour, t'écouter et influer sur toi par l'intermédiaire du général Desroques. »

Jim Barnett se tourna vers celui-ci :

« Tous mes compliments, mon général, vous avez été avec Béchoux d'une subtilité et d'une adresse qui ont prévenu ses soupçons et l'ont conduit au but, c'est-à-dire à mettre à notre disposition, durant quelques minutes, le gardien de la paix inconnu. Mais oui, Béchoux, quelques minutes suffisaient. Quel était l'objectif ? Le tien ? Celui de la police ? Du Parquet ? De tout le monde ?... Retrouver la photographie, n'est-ce pas ? Or, je savais ton ingéniosité, et je ne doutais pas que tes investigations n'eussent été poussées aux limites de la perfection. Donc, inutile de chercher sur les routes mille fois piétinées. Il fallait imaginer autre chose, autre chose d'anormal et d'extraordinaire, et l'imaginer *a priori*, pour que le jour où le bonhomme viendrait ici, on le dépouillât à son insu, et en un tournemain. Les vêtements, les poches, les doublures, les semelles, les talons creux où l'on cache un document, autant de trucs usés. Il fallait... il fallait ce que j'ai deviné, Béchoux. L'impossible et le banal... le fabuleux et le réalisable... la cachette inconcevable, et cependant toute naturelle, et répondant à la profession de cet homme plutôt qu'au métier de cet autre. Or, qu'est-ce qui caractérise un gardien de la paix dans l'exercice de sa profession ? Qu'est-ce qui le distingue d'un gendarme, d'un douanier, d'un chef de gare ou d'un vulgaire inspecteur de police ? Réfléchis, compare, Béchoux... Je te donne trois secondes, pas davantage, tellement c'est clair. Une... deux... trois... Eh bien, tu as trouvé ? Tu y es ? »

Béchoux n'y était nullement. Malgré le ridicule de la situation, il s'efforçait de réunir ses idées et d'évoquer un gardien de la paix en fonction.

« Allons, mon pauvre vieux, tu n'es pas en forme aujourd'hui, dit Barnett. Toi, toujours si perspicace !... Faut donc que je te mette les points sur les *i* ? »

C'est sur son nez que Barnett mit quelque chose. S'étant élancé hors de la pièce, il revint, tenant en équilibre sur ledit nez un bâton d'agent, le bâton blanc avec lequel les policemen de Paris, comme ceux de Londres, et comme ceux du monde entier, dominent, ordonnent, gouvernent les foules, commandent aux piétons, endiguent le flot des voitures, les délivrent, les canalisent, bref sont rois de la rue et maîtres de l'heure.

Avec celui-là, Barnett jongla comme avec une bouteille, le fit passer sous sa jambe, derrière son dos, autour de son cou. Puis s'asseyant, et le tenant entre le pouce et l'index, il l'interpella :

« Petit bâton blanc, symbole de l'autorité, toi que j'ai pris au ceinturon de l'agent Rimbourg pour te remplacer par un de tes innombrables frères, petit bâton blanc, je ne me suis pas trompé, n'est-ce pas, en te soupçonnant d'être le coffret inviolable où la vérité fut enfermée ? Petit bâton blanc, baguette magique de l'enchanteur Merlin, tandis que tu faisais stopper l'automobile de notre persécuteur le financier, ou de notre adversaire mossieu le ministre, c'est bien toi, n'est-ce pas, qui détenais le talisman libérateur ? »

De la main gauche il saisit le manche, strié de rainures ; de la main droite il serra le dur morceau de frêne enduit de ripolin, et il fit un effort pour dévisser.

« C'est bien cela, disait-il. J'ai deviné. Chef-d'œuvre difficile, impossible presque... Miracle d'habileté et de minutie, qui suppose que l'agent Rimbourg a pour ami un tourneur comme on en rencontre peu. Par quel prodige a-t-on pu évider ainsi l'intérieur d'un bâton de frêne, y pratiquer un canal qui ne le fasse pas éclater, le doter d'un pas de vis irréprochable, faire en sorte que la fermeture tienne hermétiquement et que le sceptre de l'agent ne branle pas dans le manche ? »

Barnett tourna. La poignée se dévissa, découvrant une virole de cuivre. Le général et Béchoux regardaient éperdument. L'objet se scinda en deux parties : dans la plus longue, on entrevoyait un tube de cuivre qui devait s'enfoncer jusqu'au bout.

Les visages étaient contractés. On retenait sa respiration. Malgré lui, Barnett agissait avec un peu de solennité.

Il renversa le tube et le frappa sur une table. Un rouleau de papier en tomba.

Béchoux, livide, gémit :

« La photographie... je la reconnais...

— Tu la reconnais, n'est-ce pas ? Environ quinze centimètres... décollée de son carton et quelque peu froissée. Voulez-vous la dérouler vous-même, mon général ? »

Le général Desroques s'empara du document d'une main qui n'était pas aussi sûre qu'à l'ordinaire. Quatre lettres et un télégramme s'y trouvaient épinglés. Il contempla la photographie un moment et la montra à ses deux compagnons en expliquant d'une voix où il y avait une émotion infinie, de la joie et, peu à peu, une angoisse croissante :

« Le portrait d'une femme, une jeune femme qui tient un enfant sur ses genoux. On retrouve en elle l'expression même de Mme Véraldy... telle que la représentent les photographies publiées par les journaux. Sans aucun doute, c'est elle, il y a neuf ou dix ans peut-être. D'ailleurs, la date est inscrite... ici, en bas... Tenez... je ne me trompais guère... cela remonte à onze ans... Comme signature : CHRISTIANE... le prénom de Mme Véraldy... »

Le général Desroques murmura :

« Que devons-nous penser ? Mon fils la connaissait donc à cette époque, avant qu'elle ne soit mariée ?...

— Lisez les lettres, mon général », fit Barnett qui tendit la première feuille, usée à l'endroit des plis et où l'on apercevait une écriture de femme.

Le général Desroques lut, et, dès le début, étouffa un cri comme s'il apprenait une chose grave et douloureuse. Avidement il continua sa lecture, parcourut les autres lettres et le télégramme que lui offrait Barnett au fur et à mesure. Et il se tut, le visage bouleversé d'angoisse.

« Vous pouvez nous expliquer, mon général ? »

Il ne répondit pas aussitôt. Ses yeux se mouillèrent de larmes. À la fin il dit sourdement :

« C'est moi, le vrai coupable... Il y a une douzaine d'années, mon fils Jean aimait une jeune fille du peuple... une simple ouvrière, de qui il avait eu un enfant... un petit garçon... Il voulait l'épouser. Par orgueil, stupidement, j'ai refusé de la voir, et je me suis opposé à ce mariage. Il allait passer outre à ma volonté. Mais la jeune fille se sacrifia... Voici sa lettre... la première...

« *Adieu, Jean. Ton père ne veut pas de notre mariage,
tu ne dois pas désobéir. Cela porterait malheur à notre
cher petit. Je t'envoie notre photographie à tous deux.
Garde-la toujours et ne nous oublie pas trop vite…* »

« Ce fut elle qui oublia. Elle épousa Véraldy. Jean,
prévenu, fit élever l'enfant chez un vieux maître
d'école, aux environs de Chartres, où sa mère alla
plusieurs fois le voir en grand secret. »

Béchoux et Barnett se penchèrent. À peine si l'on
entendait les paroles que le général semblait prononcer pour lui-même, tout en tenant les yeux sur
les lettres où le passé se résumait d'une manière si
troublante.

« La dernière, dit-il, remonte à cinq mois… Quelques
lignes… Christiane avoue ses remords. Elle adore
l'enfant… Puis plus rien… Mais il y a le télégramme,
envoyé par le vieux maître d'école, et adressé à Jean :
"*Enfant très malade. Venez.*" Et sur ce télégramme,
ces terribles mots de mon fils écrits par la suite et
relatant l'épouvantable dénouement : "*Notre fils mort.
Christiane s'est tuée.*" »

De nouveau, le général garda le silence. Les faits,
d'ailleurs, s'expliquaient d'eux-mêmes. Au reçu du
télégramme, Jean avait cherché Christiane et l'avait
entraînée toute défaillante vers l'automobile. En revenant de Chartres, après avoir embrassé son fils mort,
Christiane, dans une crise de désespoir, s'était tuée.

« Que décidez-vous, mon général ? demanda Jim
Barnett.

— De proclamer la vérité. Si Jean ne l'a pas fait,
c'est évidemment pour ne pas accuser la morte, mais
c'est aussi pour ne pas m'accuser, moi qui porte la
responsabilité de la douloureuse histoire. Cependant,
quoique certain que le maître d'école de Chartres ne
le trahirait pas, et non plus le gardien de la paix Rimbourg, il a tout de même voulu que cette vérité ne fût
pas anéantie, et que le destin pût remettre les choses
à leur place. Puisque vous y avez réussi, monsieur
Barnett…

— J'y ai réussi, mon général, grâce à mon ami

Béchoux, ne l'oublions pas. Si Béchoux ne m'avait pas amené l'agent Rimbourg et son bâton blanc, je perdais la partie. Remerciez Béchoux, mon général.

— Je vous remercie tous deux. Vous avez sauvé mon fils, et je n'hésite pas à remplir mon devoir.»

Béchoux approuva le général Desroques. Impressionné par les événements, mettant de côté tout amour-propre, il renonçait à intercepter les documents que recherchait la police. Sa conscience d'homme l'emportait sur sa conscience professionnelle. Mais, comme le général se retirait dans sa chambre, il s'approcha de Barnett, lui frappa sur l'épaule et dit brusquement:

«Je vous arrête, Jim Barnett.»

Et il dit cela d'un ton naïf et convaincu, comme un homme qui sait parfaitement que sa menace est vaine, mais qui la lance quand même par scrupule, et pour ne pas déroger à sa mission, qui était d'arrêter Barnett.

«Bien dit, Béchoux, s'écria Barnett en lui tendant la main. Bien dit. Me voici arrêté, jugulé et vaincu. On ne peut rien te reprocher. Maintenant, si tu y consens, je m'évade, ce qui donne toute satisfaction à ton amitié pour moi.»

Béchoux formula malgré lui, avec cette sorte de candeur qui le rendait sympathique:

«Tu les dépasses tous, Barnett... Tu as une tête de plus qu'eux. Ce que tu as fait aujourd'hui tient vraiment du miracle. Avoir deviné ça! Avoir deviné, sans aucun indice, une cachette aussi invraisemblable qu'un bâton de gardien de la paix!»

Barnett joua la comédie:

«Bah! l'appât du gain stimule l'imagination.

— Quel gain? observa Béchoux, inquiet. Ce n'est pas ce que t'offrira le général Desroques.

— Et que je refuserais! puisque l'Agence Barnett est gratuite, ne l'oublions pas.

— Alors?...»

Jim Barnett fut impitoyable.

«Alors, Béchoux, en parcourant la quatrième lettre du coin de l'œil, j'ai appris que Christiane Véraldy, dès le début, avait averti loyalement son mari. Par conséquent, celui-ci connaissant l'ancienne liaison de sa femme et l'existence d'un enfant a trompé la justice en ne l'éclairant pas, et cela, dans le but de se venger de Jean Desroques et de l'envoyer, si possible, à l'échafaud. Calcul effroyable, conviens-en. Crois-tu donc que le richissime Véraldy ne serait pas heureux de racheter une lettre aussi infamante, et que si un brave homme, désireux d'étouffer un nouveau scandale, allait la lui proposer gentiment, crois-tu que Véraldy n'en donnerait pas un joli prix ? À tout hasard, je l'ai mise dans ma poche. »

Béchoux soupira, mais n'eut pas la force de protester. Pourvu que l'innocence triomphât, que le mal fût réparé, et le crime puni d'une façon ou d'une autre, n'était-ce pas l'essentiel ? Et devait-on attacher tant d'importance à ces petits « prélèvements » de la dernière heure qui, somme toute, s'exerçaient toujours aux dépens des coupables ou des fautifs ?

« Adieu, Barnett, dit-il. Vois-tu, il est préférable qu'on ne se rencontre plus. Je finirais par perdre toute conscience professionnelle. Adieu.

— Adieu donc, Béchoux. Je comprends tes scrupules. Ils t'honorent. »

Quelques jours plus tard, Béchoux recevait de Barnett cette missive :

« Sois heureux, mon vieux. Bien que tu n'aies pas coffré ce coquin de Barnett, comme tu l'avais promis, ni intercepté la photographie, comme on te l'avait ordonné, j'ai si bien plaidé ta cause, si bien montré ton rôle prépondérant en l'occurrence, que j'ai fini par obtenir ta nomination au grade de brigadier. »

Béchoux eut un geste de fureur. Être l'obligé de Barnett, était-ce admissible ?

Mais d'autre part, pouvait-il refuser que la société récompensât le mérite d'un de ses meilleurs serviteurs, alors que les mérites de Béchoux ne faisaient aucun doute pour Béchoux ?

Il déchira la lettre, mais accepta le grade.

Table

Composition réalisée par INTERLIGNE

IMPRIMÉ EN ALLEMAGNE PAR ELSNERDRUCK
Librairie Générale Française - 43, quai de Grenelle - 75015 Paris.
Dépôt légal Édit.: 8770 - 02/2001
ISBN: 2-253-00408-1